⪻ 中国散文 60 强 ⪼

公主海渡

叶 梅 / 著

图书在版编目（CIP）数据

公主海渡 / 叶梅著. -- 北京 : 北京联合出版公司,
2024.8. -- (中国散文60强). -- ISBN 978-7-5596
-7786-0

Ⅰ.Ⅰ267

中国国家版本馆CIP数据核字第2024DK9954号

公主海渡

作　　者：叶　梅
出 品 人：赵红仕
出版监制：张晓冬
责任编辑：徐　樟
特约编辑：和庚方　张　颖
封面设计：立丰天

北京联合出版公司出版
（北京市西城区德外大街83号楼9层　100088）
三河市同力彩印有限公司印刷　　新华书店经销
字数150千字　650毫米×920毫米　1/16　14印张
2024年8月第1版　2024年8月第1次印刷
ISBN 978-7-5596-7786-0
定价：65.00元

版权所有，侵权必究
未经书面许可，不得以任何方式转载、复制、翻印本书部分或全部内容。
本书若有质量问题，请与本公司图书销售中心联系调换。
电话：17710717619

"中国散文60强"丛书

编委会

丛书总策划
  张　明　　著名出版人

编委主任
  邱华栋　　全国政协常委
  　　　　　中国作家协会副主席、书记处书记

编　委
  叶　梅　　中国散文学会会长
  陆春祥　　中国散文学会副会长
  冯秋子　　中国作家协会原社联部副主任
  吴佳骏　　《红岩》编辑部主任
  张　英　　资深媒体人
  文　欢　　作家、资深编辑

中华散文的文脉与发展

——"中国散文60强"总序

邱华栋

中国是诗的国度,亦是散文的国度。

穿越千年时空,从明清至唐宋,再由魏晋南北朝至两汉先秦一路回溯,汉语言文学中的散文实乃根深叶茂,硕果累累。无论是"唐宋八大家"之雄文美文,还是骈俪多姿的辞赋,以及名垂史册的《史记》《左传》,均为中国文学史上的璀璨明珠。"散文"与"诗"一道,成为中国文学的"嫡系"。尽管,后来从西方引进嫁接技术所催生的"小说",大有"喧宾夺主"之势,终究还得"认祖归宗",血脉和基因是无法改变的。

在中国散文流变历程中,曾出现过两次鼎盛期。一次是被文学史家所公认的"先秦散文"时期。其时,伴随着春秋时期的思想解放,诸子蜂起,百家争鸣,一大批散文家以饱满的气血、驳杂的学识和破茧的精神,创造出了散文的繁荣和辉煌局面,对后世产生了极大的影响。

到了"五四"时期,中国散文迎来了第二次鼎盛期。白话文如劲风激浪,吹刮和涤荡着神州大地。沉睡的雄狮醒来了,偃卧的小草开始歌唱。许多学贯中西的进步文人,肩扛文化变革的大纛,冲锋陷阵,掀起了一波又一波的新文学浪潮。《新青年》上刊载的散文,犹如一束束亮光,不但给人以希望,还给人以力量。"五四"以来的散文作品，无论是观念和主题，还是形式和风格，都跟以往的散文迥然不同。最具代表性的，当属鲁迅先生的散文（包括杂文），其刚健、凌厉的文质，疗救了中国散文长久以来颓靡不振、钙质疏流的顽疾。此外，周作人、郁达夫、朱自清、萧红、沈从文等一大批作家的散文创作亦各具特色，呈一时之盛，影响深远。

时代的前行催生了文学的发展，然而文学与时代有时并不同步甚至充满了"张力场"。"五四"的个性解放虽然催生了一批个性鲜明的散文精品，但这样的生态并未持续多久，中国散文的波峰出现了向低谷滑行的趋势。有论者指出，"散文在50年代既是对解放区散文文体意识的放大，又是对五四散文文体精神的进一步偏离。这种放大和偏离表现在个体性情的抒发让位于时代共性或者时代精神的谱写，政治标准优先于艺术标准，批判性为歌颂性所取代等诸方面。"（董健、丁帆、王彬彬《中国当代文学史新稿》）1960年代初，散文创作一度出现了活跃，"专业"从事散文创作的作家群凸显出来，刘白羽、杨朔、秦牧相继登场，迅速成为散文界的三位名家。但他们的作品后人评价褒贬不一，认为其中颂歌式的写法较为单向，这种模式化的写作，不但对散文的建设毫无益处，反而扼杀了散文的个性和神采。

"文革"十年，中国散文更是一片凋零和荒芜，乏善可陈。1970年代末，一些历经浩劫的作家开始复血，解除思想枷锁，重新拿起笔来写作，中国散文才又凤凰涅槃，焕发生机。加之各种文学刊物纷纷复刊和创刊，以及大量西方文化读物的译介出版，更为这些饥渴、桎梏太久的散文作者提供了登台亮相的舞台和瞭望世界的窗口。

1980年代初期，伴随改革开放的热潮，思想解放大旗招展，文化随之繁荣，诸多承续"五四"精神的作家以笔为旗，抒发胸中压抑既久之块垒，出现了一批抒情性质浓郁的散文，使得现代散文这块"百花园"芳菲争艳，蔚为大观。特别是1980年代中期，随着作家主体意识的不断强化，中国文学开始呈现出一个崭新局面，作家从"集体意识"中抽身而出，重新返回"个体"，注重对生活的体察和内在情感的表达。这一时期，散文的艺术性得以强化，文本的精神内涵和表现空间得以拓展。

进入 1990 年代，社会发展日新月异，城镇化进程锐不可当，文化领域亦呈多元格局。各种文学思潮相互碰撞，人文精神的讨论更是打开了作家们的创作思路。"大散文"概念的提出，引发了散文界对散文的内涵和外延的重新讨论和界定。风靡一时的"文化散文"热，成为文坛上一道靓丽的风景。"新散文""原散文""后散文""在场散文"等散文流派"你方唱罢我登场"，争奇斗艳，各领风骚。

及至二十世纪末，一批深具先锋意识和文体自觉的新锐作家，像一头公牛闯入瓷器店，使散文天地发生了激烈的碰撞和变化，形成一股新的散文潮流，提升了散文的审美品质和精神向度。

纵观 1978 年至 2023 年四十多年来，中华大地在"改开"的黄金时代中，社会生活奔涌激荡，各种思潮风起云涌，散文创作更是云蒸霞蔚、气象万千，涌现了众多成就斐然、风格各异的散文作家和具有思想深度、艺术上乘的散文作品。岁月的流水冲走了枯枝败叶和闲花野草，中流砥柱却巍然屹立。时间留住了新时代的散文经典，经典在时间的长河中绽放光芒。以沙里淘金的经典散文向"改开"的时代致敬，是我们不可推卸的责任和义务。

别看散文的门槛貌似很低，要真正写好，却实属不易。优质散文是有难度的写作，它不但需要作者的智识、胸襟、眼界、修养和气度格局；更需要写作者的态度、立场、慈悲、良知和批判勇气。遗憾的是，散文创作繁荣和光鲜的另一面，却是大量平庸甚至低劣之作的泛滥，不但败坏了读者的胃口，而且造成了物质和精神的极大浪费。散文作家层出不穷，散文作品汗牛充栋，可真正能让人记住的散文佳构却凤毛麟角。

散文要发展，文学要前行。发展和前行就要从平庸的樊篱中突围。在突围的过程中，散文作家不可太"聪明"，不可太世故，要永存对文学的敬畏之心。一言以蔽之，散文的尊严来自散文作家的尊严。也可以说，要想散文繁荣，首先需要有一批人格健全，品德高尚，铁肩担道义的散文作家。什么样的人写什么样的文章。特别是写散文，最容易看出一个作家的内在品质和境界涵养。一个人格不健全的人，哪怕他作文的技法再高妙，也很难写出撼人心魄、抚慰灵魂的散文来。作家精神品质的高低，直接决定其作品的精神向度。

为了散文写作的突围和发展，为了建设独具特质的当代散文，也是为了更好地从经典散文中汲取营养，我认为有必要正视和重申一些常识性的思考。高头讲章的理论是灰色的，常识之树却蕤葳常青。

一、作家的个体精神决定散文的优劣。常言道，散文易学而难攻。难在什么地方，不是难在技巧，而是难在作家个体精神的淬炼上。倘若作家的个体精神不够丰富，不够深刻，不够清澈，纵使他手里握着一支生花妙笔，也写不出令人称赞的散文。那么，如何才能做到个体精神的丰富性呢，这就要求作家时时刻刻不背离生活，要知人情冷暖，体察人间百态，关心民瘼，有忧患意识，不要做生存的旁观者。一个冷漠甚至冷酷的人，是不适合从事散文创作的。

二、真诚是确保散文品质的基石。散文创作跟作家的生存经验息息相关，可以说，真正优质的散文，无不牵连着作家的血肉和心性。作家的喜怒哀乐，悲欢离合，都或隐或显地暗含在他的作品中。假如在一篇散文作品中，读者既看不到作者的体温，又看不到作者的态度，那这篇作品或许就是失败的。说明这个作者在他的作品中"说谎"或"造假"，缺乏真诚之心。作家一旦失去真诚，为文必定矫揉造作，作品也必定会失去生命力。因此，真诚是散文的"生命线"，也是"底线"。

三、个性是促进散文生长的养料。人无个性便无趣，文无个性便平质。当下，每年都会诞生数以万计的散文篇章，但能够让人记住，且读后还想读的作品并不多，何故？概在于这些数量庞大的散文，无论题材，还是语感都千篇一律，像是从"模具"中生产出来的，缺乏辨识度。散文要发展，必须要求作家具有"个性意识"。"个性意识"不是标新立异，更不是哗众取宠，而是一种"创新意识"和"审美意识"。但凡在散文创作方面被公认的那些大家，都是"文体家"，他们以自觉的写作实践，开创了散文写作的新路径。不合流俗方能独步致远，推动散文的建设和繁荣。

当然，以上几点并非创作散文的圭臬，谁也没有资格去为散文"立法"。

散文是自由的创造，散文精神即自由精神。我之所以提出来，仅仅是希望引起散文同行们的重视和参考，共同为中国当代散文的发展尽力增光。

我们策划、编选"中国散文60强"（1978—2023）的初衷，旨在对新时期以来的中国散文创作作出梳理、评价和选择，试图精选出风格各异的代表性散文作家，以每位一部单行本的形式，呈现出中国新时期优质散文的大体样貌。此项目的发起人为资深出版人张明先生。多年来，他一直追求做高品位的纯文学书籍，也曾连续多年与中国散文学会、中国小说学会合作，出版年度《中国散文排行榜》和年度《中国小说排行榜》。2023年他策划出版了《中国小说100强》，反响不俗。身处喧嚣、纷杂的环境，能以如此情怀和心力来为文学做如此浩大的工程，不能不令人钦佩！

感谢张明先生邀请我和叶梅、冯秋子、陆春祥、吴佳骏、张英、文欢组成编委会，共同遴选出60位作家。我们在召开筹备会的时候，即将作品的思想性、艺术性、代表性以及影响力作为编选的基本原则。在确定入选作家名单时，我们认真商讨，反复研究，生怕因为各自的眼力、审美和趣味之别，造成遗珠之憾。好在我们的工作得到了作家们的积极回应和鼎力支持，惠风和畅，大地丰饶。

60位入选的作家，既有令人尊敬的文学大家，如孙犁、张中行、汪曾祺、史铁生、邵燕祥、流沙河、刘烨园、宗璞、贾平凹、韩少功、张炜、梁晓声、阿来、冯骥才等。这批散文大家的作品，文风质朴、清朗、刚健，充满了"智性"和"诗性"。无论他们是写怀人之作，还是针砭时弊，歌咏风物，都有着鲜明的文化立场和审美取向。他们或出入历史，借古观今；或提炼人生，洞明世事，输送给读者的都是难能可贵的"精神营养"。

也有被散文界公认的名家，如李敬泽、王充闾、马丽华、周涛、冯秋子、叶梅、筱敏、张锐锋、周晓枫、于坚、鲍尔吉·原野等。这些作家的散文作品，特色鲜明，风格独特，诚挚内敛，从内容到形式，都作出了各自的探索和尝试，为当代散文注入了活力。从他们的作品中，我们不但能够领略汉语之美，更可以借此反观生活与存在，寻找人之为人的价值和尊严。

还有散文界的中坚力量和青年才俊，如彭程、谢宗玉、江子、雷平阳、任林举、塞壬、沈念、傅菲、吴佳骏、周华诚等。从他们的作品中，我们见到的，不只是中国散文的文脉传承，更是自由精神的张扬。他们文心雅正，笔力锋锐，不跟风，不盲从，始终保持着独立的思索和判断，在各自所开辟的散文园地中精耕细作，以崭新的姿态参与和推动当代散文的变革。

其实，细心的读者不难发现，入选本丛书的老、中、青三代作家都有个共性，即他们均在以自己的作品审视心灵，心系苍生，弘扬真善美，鞭挞假恶丑，充满了正义感和人道主义精神。这自然与时下众多书写风花雪月，一己悲欢，充塞小情趣、小可爱的散文区别开来。正是因为有他们的存在，中国当代散文才呈现出一幅绚丽多姿的长卷。

需要说明的是，有些重要的散文家，如张承志、余秋雨、王小波、苇岸、刘亮程、李娟等人，由于版权或其他不可抗原因，未能将他们的作品收录进来，我们深以为憾。

我们还要感谢北京立丰天文化传播有限公司的资金支持，感谢北京联合出版公司的精心编校，他们慷慨和无私的义举，对于繁荣中国当代散文创作、对于赓续中华优秀散文文脉、对于中国新时期的文化积累，均具重大价值和意义，可谓善莫大焉。这套丛书的出版意义将同《中国小说100强》一样，旨在给读者以经典的指引，这既是一项重要的原创文学工程，同时也是助力推动全民阅读和研究传播文化的公益工程。

郁郁乎文哉，中国散文有幸！

是为序。

2024年5月12日星期日

（作者为全国政协常委，中国作协副主席、书记处书记）

目 录
Contents

第一辑

002 | 公主海渡

011 | 庐山捡石记

015 | 海南,有一条河叫陵水

020 | 红月亮

027 | 有一种情感因血脉相连

033 | 朝天门

第二辑

040 | 基诺山

047 | 澜沧江边的一天

055 | 丽江故人

065 | 四方街的白天和夜晚

074 | 惠州西湖情

079 | 莲由心生

083 | 丰沛的常德

091 | 说　梅

096 | 听　茶

第三辑

102 | 三峡皂角树

106 | 平原三峡村

111 | 巴东巫峡口

115 | 土家夜话

118 | 神农架的秘密

127 | 由田土司想到梅兰芳

131 | 武汉黄鹤

137 | 长江西流

142 | 致鱼山

151 | 又见黄河

第四辑

162 | 八里庄的灯火

166 | 红了樱桃,绿了芭蕉

178 | 浦东的星光

183 | 祖　居

190 | 老地方

193 | 贺年卡

198 | 人不知春鸟知春

200 | 右玉种树

202 | 一只鸟飞过锦州

204 | 大四季

207 | 黄河入海

第一辑

公主海渡

千年泉州古渡，那一年，那一天。

海风吹拂，满城的刺桐花香仿佛都随风飘到了这码头上，潮水涌动，忽起忽落地拍打着金钩似的海湾，数千舟楫众星拱月地环绕着一艘黄色的大船，那船高高耸立着四根巨大的桅杆，白色的船帆尚未升起，匍匐在甲板上就像草原洁白的毡房。泉州城数万人聚集在这后渚铺，现在是叫作后渚浦了，里三层外三层，等待着公主的出现。那公主阔阔真，正是元朝世祖皇帝忽必烈亲自选中的蒙古卜鲁罕部女子，就要从此处踏船远航，嫁往遥远的波斯王国。

随着三声礼炮，乐声大作，那是宫廷中吉祥盛典之时才用的曲子《长春柳》，早已排列在大道两旁的仪凤司着铠甲袍服器仗，俱是鲜丽整齐，珠玉金绣，装束奇巧，掌七色细乐：大乐鼓、板杖鼓、筚篥、龙笛、琵琶、筝，一时间如天籁之音悠然，息了风声，息了涛声。万众更是屏息静气，只听乐声中马蹄又响，踏着石街清脆而来，那公主却不乘轿，骑着一匹雪白的高头大马，前有一蒙古巫祝戴神像面具行走，后有三位金发碧眼的西方男子骑马跟随，再后马队逶迤。好一个俊俏公主，面若银盘丹眉凤眼，红唇如花，她头戴凤翘冠端坐马上，服宽袖锦衣，加金绿云肩霞绶、腰束铜带玉佩，足蹬云靴，到得海边，早有等候多时的礼官上前扶马，那公主却身轻如燕，一翻腿翻身下马，瞬间落地站定，围观的人山人海爆出一片叫好！

　　这画面从古闪回，在我眼前盘旋多日，愈来愈加清晰，仿佛能闻到那昔日的花香，少女的呼吸。

　　元朝公主阔阔真远嫁波斯，成为伊尔汗国一代王后，在那里生儿育女，扶佐夫君，使其王国鼎盛，可谓千古佳话。但奇怪的是这远嫁的故事却不及昭君出塞、文成公主进入吐蕃那般广泛流传，这使我在探访她的踪迹时深为惋惜。此前我也知之甚少，几次到泉州都被这古城百处胜景、千般妙处所吸引，但每次来去匆匆，即便惊赞不已却只是走马观花，不明其详。乙未清明之后，又一次来到泉州，随赴后渚铺古渡，那一片沉默的海滩突然让我心旌摇动，久久难以离去。有一种莫名的牵挂让我探究，于是就有一幕幕画面闪回，有"舟车辐辏，舳舻相接"，有天风海涛，鱼跃鸟飞，有旌旗变换，人事更迭，而不经意间，一位少女的倩影飘然而过，她回眸一笑，竟是千年。

　　已知当年泉州港口，兴于唐盛于宋，元初时则已成为"东方第一大港"，有元人撰文描绘："泉，七闽之都会也。番货运物，弄宝珍玩之所渊薮，殊方别域、富商巨贾之所窟宅，号为天下最！"这泉州之南蜿蜒山地，背山面水，起伏落差形成三湾十二港，分别为泉州湾、深沪湾和围头湾，所辖十二港中以后渚港最为紧要，西北有桃花山天然屏障，东与白沙、白崎二海岬隔海相望，水深港阔，是"梯航万国"的天然良港和海防要地，朝中一些重大的商务、军事、外交等招渝活动，均以此为出海口。

　　如今，古渡口只留下一片锈色斑驳的滩涂，不远处，一座现代化的海港巍然而立，无数历史风尘深埋其下。千年潮汐，一遍遍带走古渡心语，全都归了大海，于是那汪洋越加沉默也越加喧嚣，当大风暴来临之时，海才会将所有的话语抛向天空，然后再由天空撒向人间。

清明之后的泉州细雨，或许就有那蒙古少女思乡的泪水？

少女阔阔真是蒙古草原卜鲁罕部落的女子，这个部落多出美女，世代与皇族联姻，在阔阔真苗条英武的身体里，流淌着质朴而又高贵的血液。

她出生之时，忽必烈大汗已经一统天下，缔造了大元王朝。大汗的一生都在征战之中，勇猛而又仁慈，小的时候，与兄弟们一起狩猎，遇到奔跑的母鹿和小鹿，本想一箭射去，但小鹿天真的眼神却让他放下了弓箭，他抢在兄弟们放箭之前，拉响了空弦，惊跑了小鹿和它的母亲，让它们得以逃生。大汗立燕京为元朝大都，兴儒学，尊礼教，但对最信任的汉官刘秉忠提出的用太监和女人缠足两件事却坚决反对，说男人去了根还叫男人吗？后宫侍奉有宿卫军担当便可。女人若缠了足，拿不得刀枪上不得马，一旦有战事如何了得？至元二十六年（1289），忽必烈在他的宫殿里召见了远道而来的三位波斯男爵，这是波斯伊尔汗国王阿鲁浑派来求亲的使者。

伊尔汗国是忽必烈的弟弟旭烈兀的封地，虽远在西亚，立王后依然要娶卜鲁罕的女子。来求亲的男爵禀告忽必烈，他们的王后离开了人世，临终前留下书面遗言——非住在契丹国大汗境内自己家族的女子不得继承后位，不能受到君王的眷宠。国王阿鲁浑答应了王后庄重的请求，派这三位带着大批的扈从和礼物来到遥远的大都觐见大汗，请求大汗赐给他一位淑女。

三位男爵此前在东方繁华的都市里等候了好些日子，才终于等到大汗的召见，其时大元虽一统天下，但天下并不太平，灾祸兵患内乱从未停息，大汗可谓日理万机。这年初之时便有地震发生；七月，在北方已封为王的海都又再次兴兵作乱，忽必烈亲征，十月才还大都；岁末"诏天下梵寺所贮藏经，集僧看诵，仍给所费，俾为岁例"。他又亲临大圣寿万安寺，置旃檀佛像，命帝师及西僧作佛事坐静二十会。相对战争，已成皇帝的忽必烈更希望天下安乐太平，他对三位波斯男爵的恳求欣然应允，立即吩咐从卜鲁罕部挑选女子，并封为公主，作为远嫁的新娘。

年方十七的阔阔真好比一朵刚刚绽开的花儿脱颖而出，她的哥哥们个个都英勇无比，就像降落在草原上的天神，纵横驰骋，所向披靡，她的姐姐们个个都赛若天仙，分别嫁给了最为显赫的宗王，成为统领一方的王后，而少女阔阔真是花中之花，她自小马上射箭，帐内读书，不仅长得十分美貌，更是仪态端庄，琴棋书画无一不晓，并精通蒙、汉及波斯语，是嫁往波斯的最佳人选。大汗忽必烈教诲："圣人以四海为家"，不仅吩咐后宫为公主准备丰厚嫁妆，精挑随行的宫女仆人，还举办了盛大的朝会。

文武百官齐聚大殿之上，珍贵的金杯斟满了美酒，大汗特赐演奏宫廷专为察必皇后所作的《黄钟宫》："徽柔懿哲，温默靖恭，范仪宫阃，任姒同风。敷天宁谧，内助多功。淑德袝庙，万世昌隆。"阔阔真受宠若惊，要知那察必皇后十分贤德明智，不论何族何地人皆敬仰。

忽必烈大汗平宋之后，有一次将宋府库中的奇珍异宝聚置殿廷，召皇后来看，察必只瞧了一眼便走开了。大汗遣人追问，为何一件宝贝都不取？察必说："宋人贮蓄以遗其子孙，子孙不能守，而归于我，我何忍取一物耶？"皇后虽是尊贵无比，却是常率众后妃亲执女工，或将置之不用的羊皮缝为地毯，或"以旧弓弦练之，缉为袖，以为衣，其韧密胜比绫绮"，也就是将废弃的弓弦都做成了衣服，"其勤俭有节而无弃物"——《元史·皇后传》。

一曲奏罢，音韵绕梁，阔阔真眼中含泪，跪倒在大汗脚下："大汗深意，阔阔真已知，此去波斯定以皇后为楷模，尽我本分，不负大汗厚望。"

有一件事注定要载入史册。那日在泉州的后渚铺码头，跟随在公主身后的三位西方男子，不是别人，却是流传后世、赫赫有名的意大利旅行家马可·波罗与他的父亲、叔父。

见惯了外国人的泉州士民当时并不惊讶。"市井十洲人"，宋元之时，来到泉州刺桐港经商、传教、创业乃至长期定居的外国人数以万计，其中以阿拉伯人居多，还有的来自波斯、印度、印尼及东南亚一带。泉州城内的大街小巷到处可见异域风情的宅第、店铺、教堂、庙宇，他们集中居住的商业繁盛的城南一带被称为"番坊"，由推举的"番长"管理事务，还为朝廷招徕外商，一些定居下来的则与当地女子通婚，生男育女，化作了泉州人。市井之上，"十洲人"友好相处，互通有无，彼此尊重，习以为常。

但为公主送别的泉州人没有想到的是，正是那位跟随在公主身后的威尼斯人，后来在热那亚的监狱里，写出了人类史上西方人感知东方的第一部著作《马可·波罗游记》，向整个欧洲打开了神秘的东方之门，也记录下了公主远嫁之事。

据马可·波罗所言，他的父亲和叔父早年经商从威尼斯先从海路后经陆路辗转来到中国，大汗忽必烈亲切接见了他们，详细询问所到国家的情形，赐给他们银两绸缎，其后又亲笔修书，请他们带回西方致以罗马教皇，约请一百位智者来中国。波罗兄弟火速赶回欧洲，不料那里一片战事，又恰逢教皇更选，一时难以完成大汗的约请，他们在焦急等待多时之后，带着十五岁的儿子马可再次来到了大汗身边，这一来就是二十多年。阔阔真公主要远嫁波斯，勾起了波罗父子回乡的愿望，他们向大汗请命，护送公主并让他们回家，马可·波罗在他的游记里写道，"大汗听了他们的话，脸上极不欢悦"。因为对这些威尼斯人的喜爱与信任，大汗不肯答应他们的离开。

然而历史的机遇最终还是落在了马可·波罗身上。

按照大汗的吩咐，公主一行庞大的队伍出大都，经由长安，准备沿陆上丝绸之路去往波斯，可没想到一路烽火连天，鞑靼诸部之间又铺开了大战，他们在经过八个月的艰难跋涉之后，实在无法再往前行，只好返回朝廷。这时，马可·波罗刚好带着几只商船从印度回到刺桐港，继而又回到大都，他说服了三位前来求亲而归心似箭的男爵，让他们与公主一起向大汗请求改走海路。

十七岁的阔阔真同意了马可·波罗的建议，但大汗却迟疑不决。蒙古人是骄傲的马背民族，对于大海难免总是有些陌生，在大汗几十年的征战中，让他最为烦恼的就是倭寇在沿海的不断进犯，他几次东征都未能成功，这一直是他的心头之痛。

最后打动大汗的是公主的坚定，或许还有大汗本人内心深处对大海的征服欲望。但显然，没有熟悉海上情形的人跟随绝对不可，大汗别无选择地答应了马可·波罗父子的请求，封他们为护亲专使，赐予金牌虎符，并让他们问候教皇、法兰西王、西班牙王和一路所见的王公，又特命泉州府以耽罗之木，再造十四艘大船，送公主远航。

造船的日子里，阔阔真公主经杭州、信州（江西上饶）进入福建，然后从格陵（建宁）、武干（尤溪）、温敢（永春），而后到达泉州，年轻的姑娘很快就喜欢上了这座海边的繁华城市。这是一座香气扑鼻的城市，鲜花四季开放，与元朝交往的100多个国家"往来互市，各从所欲"，从海上运来无数珠宝、香料和药物，运出的则有刺桐绸缎、瓷器、茶叶和铜、铁器，泉州市舶司所得税课上交，几乎占国库所有收入的四股之一。

公主自小穿惯了皮革裘毛，待得仆人们捧上由刺桐缎织造的衣衫，虽然在宫中见多了绫罗绸缎，也不由大为惊叹。那些衣衫花纹绚丽、质地轻柔，缀满了闪闪发亮的小珍珠，穿在身上犹如畅饮沙漠里的甘泉，沁透心脾，还有紫色的天鹅绒披风，富丽堂皇，华贵无比，让她爱不释手。美丽的公主试穿着这些即将带往波斯的衣裳，心潮涌动，海上的风吹拂着她的秀发，那风是顺风，朝着出海的方向。

该是出海远航的时候了。

十四艘大船已经造好，停泊在后渚铺的海港里，首尾相连，就像一条巨龙。

十条船一般整齐，另有三艘大船领先，簇拥着一艘略带方形的城堡式的大船，极尽气派又极为精细。须知皇帝有令，公主远嫁，福建造官船的能工巧匠们竭尽所能、日夜赶制，才造出这海上奇物。每条船都有四根桅杆，能扬起九帆，按照闽南习俗，为纳福辟邪，特在船的龙骨处凿有北斗七星的圆孔，为"保寿孔"，孔里放铜镜一面，象征七星伴月，船尾舱放竹尺一把，为"量天尺"，用来测定天上恒星出水高度，以判定海船方位。船为十三个舱，以隔板相间，用扁铁和钩钉与船壳揳合，不仅增加了船舶整体的横向强度，并具有隔水之用，后世人将这种船舱称作"水密隔舱"，认为是中国造船术的一次重大发明，而在当时，却是为公主的随行侍官们提供了舒适的单间。

这十四艘船上，足足备好了两年的粮食和干肉，满载着皇帝赐给公主的许多红宝石、祖母绿、古玩玉器，以及委托马可·波罗父子送给一路所经国家君主的丰厚礼物。船队分宝船、粮船、马船、战船、坐船，秩序分明，每条船上都配有强壮船员二百五十人以上，公主乘坐的船上更是人员众多，马可·波罗和一队武艺高强的侍卫就守候在公主身边。

一曲《长春柳》奏罢，阔阔真公主在万众瞩目之下朝北而拜，她接过蒙古巫祝手中的银碗，那酒的芳香一下子随风飘散，好烈的酒，击得海风噼啪作响！长生天在上，公主玉指沾起美酒，弹向天空，弹向大地，弹在自己的额头，表示对祖先至高无上的敬意，随之一饮而尽。

　　鼓乐齐响，只见公主牵着她的白马，健步登上舷梯，然后她高高站立，风将她的紫色披风扬成了一面旗帜。

　　就在那一刻，白帆升了起来，所有的船。蓝天之下突然飘来一片片洁白的祥云，船缓缓启动了。这时响起的曲子却是蒙古长调，是草原上的人们送女儿出嫁时吟唱的歌，泉州士民听不懂那些歌词，但却被曲中的忧伤牵动了泪水。草原与海洋的情愫原来相通。

　　泪眼模糊中，聚在后渚铺港湾的人直到这天夕阳落海，仍迟迟不肯散去。公主与她的船队似乎总在海平线上未曾消失，直到夜深之后，才随着星星的晶亮闪烁，化作了满天星斗。

　　之后的情形鲜为人知，幸亏有马可·波罗的陪同，后世人才从他的记述里寻到公主的芳踪。她们在海上的行走近三年，经历了风暴、战争、疾病和瘟疫，大约有六百多名船员和乘客死去，就连那前来求亲的三位男爵也只剩下了一位。但草原上的女儿阔阔真坚强地战胜了海洋，到大船终于抵达波斯港湾忽里模子（今天的阿马斯港）——她的夫君所辖国土时，她已是阅尽狂风恶浪、从容不迫仪态万方，更显大国公主气象。虽然一上岸就听说原先要迎娶她的国王阿鲁浑在这三年间已经去世，继位的是国王的兄弟凯嘉图，他让她给阿鲁浑的儿子合赞做新娘，而合赞守护在波斯边界，公主仍处乱不惊，不顾一路疲惫毅然前往。之后她尽力扶佐夫君合赞，几年过去，合赞成为万众敬仰的波斯王，她成为聪颖贤德的波斯王后。

　　那位蒙古少女从此留在了蓝色海洋的记忆里。

她的名字好奇妙，虽然用汉语音译时，有的用阔阔真，有的还用柯克清，但按蒙古语的意思，指的就是"蓝色"。是谁为她起的名呢？蓝色的天空，蓝色的海洋，早早地，就给了她寄托，让她为草原和海洋搭起一道彩虹。

寻访她的时刻需要虔诚和耐心，你若细细聆听那一条海上丝绸之路的涛声，还有这片古渡海滩的潮汐，或许就能听到公主阔阔真的马蹄，正从泉州的石板街上清脆踏过。还有，记得这少女的，还有这城里的花香，公主曾在她乌黑的发辫上簪插了刺桐的素馨、玉兰和茉莉，那些花种姹紫嫣红，来自海外，所以都有着海的味道，愿意跟随公主海渡，去向远方，不时又随风而来，捎过那女子的讯息。

人们无意中嗅到的花香，就有那些久远的记忆，只是一时未曾领会而已。

庐山捡石记

下着雨，我在庐山，淅淅沥沥的声音，染绿了树，染绿了路旁的草地。烟雨初霁，山光澄练，我在山间行走，弯腰拾起一块石头。

走进庐山，面对夏禹观洪留胜迹，司马迁至记山名；秦皇汉武皆登过，宇宙旌旄兴不同的庐山，我来的时光太短。一条条小径还来不及相识，那是舒卷的试题，我有无数的话想询问这古山，这天地间的灵物，可又从何谈起。

我却难以就这样转身离去，山的气息，山的灵性包围着，使我的脚步踯躅。一直下着雨，有些闷，我在牯岭的灯光下看书写字、上网，突然觉得世界何其大又何其小。我载不动庐山，庐山太重太重。

我载不动庐山的云，那是古来的云。走在牯岭街上，那云突然不期而至，从遥远的天边翻卷逐浪而来，果然是在瞬息之间，弥漫四合。动或如烟，静或如练，返照倒映，倏而紫翠，倏而青红。那云长袖善舞，软绵拂面，我抓拭一把，随风倏然而去。再探头向山下，只见云海滔滔滚滚，蓊蓊蓬蓬，红墙蓝瓦转瞬被云遮盖，几只白鸽跃然飞起，其光如银。但见三四老者于街头围石桌而坐，安心对弈，白云缭绕在他们的膝间，恍然片刻就如千年。

我也牵不动庐山的水，那飞流直下三千尺，溅玉撒珠，沾湿过李太白的袍袖，"我本楚狂人，凤歌笑孔丘。手持绿玉杖，朝别黄鹤楼"。我本一楚女，能不爱李白？经这俊朗的男子双手捧过的庐山瀑布，如飞电，若白虹，就是天河之水，又能如何？

我沿着牯岭旁的小河走去，追寻着它的流动，仿佛追随着太白的足迹，河水淙淙，飞珠散轻霞，流沫沸穹石。问路人这河可有名字？答为"美庐河"，流向乌龙潭，流向长江。缥缈清泉流去，最终归入大海。想太白在时，定无美庐一说，世事变迁如溪间之水，或涨或落，多少荣辱随水流淌，然山依旧水依旧。

再细想，也无法带走庐山的树，这山上5000多种树木，从全世界连根而来，将一片相思留在了庐山。我只能仰视它们的峨冠，抚摸古老或青春的年轮，抱紧它，感受它扎向大地深处的根脉。

因此，我带不走庐山。我只能从这里拾起一块小小的石头。

便突然有一种牵引，让我走向那条尚不知名的小溪，在雨中，我迫不及待地，仿佛那石头等了我千年万年，就是为了今天这样一个带雨的黄昏。我绕开湿漉漉的青草，担心滑倒，还担心有一条小蛇嗖地游来，但这些都不能阻挡我走向那块石头，它躺在一片碎石的河滩上，虽然我并不认识它。有许多的偶然会使我们擦肩而过，因为暮色渐浓，我拿起一块又放下一块，清冷的溪水打湿了我的脚，山野之中再无人烟，我寻找着，充满希望又犹豫不定，费了很多工夫。

最后，我终于拾起了它，这是无数偶然中的必然，跟它等待的时间相比，我的寻找只在一瞬间。这块豆青色，有着黑褐色花纹的石头，它随庐山盈缩造化，吐纳颢气，由天地养育而成。乍一看就如千山万壑的缩影，竖看成岭侧成峰，明显刻划着峻岭的陡峭，峰崖的断裂，溪水的崩流。它沉默着，将千万年的秘密，深藏在那一条条细致的纹路之中。

我抚摸着它们，如同行走在从古至今的路径之上。

洪荒之年，这石当属一巨大的山体，可眺望庐山南面巍崛，北背迢递，悬雷分流以飞湍，七岭重嶂而叠势。映以竹柏，蔚以柽杉，萦以三湖，带以九江。而旁峰杂出，若花蕊攒置。星列棋错，若几若屏，若龙蟠，若兽匿，九十九峰，支支泼黛。这小小石块经万年雷霆，自母体滑落，粗粝丑陋。又经若干年，在山上斜躺之时，听得陶公荷锄而来，吟诵："结庐在人境，而无车马喧。问君何能尔？心远地自偏。"那石随陶公目光，采菊东篱下，悠然见南山，有十分自得。这情景，让人想起《红楼梦》中那块修炼多年的通灵宝玉，其实天下石头无一不有来历，只是有的被书写，有的未被识得而已，人又何尝不是如此。

而我拾得这石，或许与江州司马白居易有过一面之缘，有诗为证："萧疏野生竹，崩剥多年石"，白公他显然识得这类石头，崩剥之石被他寻来一坐，故而又有新诗"弄石临溪坐，寻花绕寺行。时时闻鸟语，处处是泉声。"那白公头戴笠帽，宽袖临风，相对琵琶女，低眉无言，只听大珠小珠落玉盘，切切嘈嘈如雨声，这般情景在石看来，不知动心不动心？

又有豪放的苏轼站立山巅，叹道："吾闻太山石，积日穿线溜。况此百雷霆，万世与石斗。"这一番万年雷霆相斗过的石头，曾经的轰轰烈烈似不见痕迹，它静静躺过万年千年，或许又是一番暴雨山洪的席卷，这石在溪水中翻滚打磨，最终如当下光滑如玉。

小溪的近旁，便是我们入住的东谷渊明村，陶公的足迹无法寻觅，眼下南山的黄菊也还未到绽放的时节，但篱笆墙的影子依稀在眼前，静谧的石板街上，可听得游人的吟诵：采菊东篱下，悠然见南山。手握这石，心里不知不觉生起一种笃定，我面对的庐山又平添惊奇。就在庐山抗战博物馆前，眼前突然一亮，只见一块无字的巨石巍然而立，豆青色，质地坚硬，纹路清晰，似无言的诉说。这是当年为了纪念抗战，表达中国人的坚定而竖立的，我拾起的石头居然与这巨石颇为相似，色泽乃至形状，不过是一巨大一微小，但世上万物，常常见其小也见其大，内在的坚定或千万年的命运，谁又能说它们没有相同之处呢？

在美庐旁的草丛中，我还见到了一座庐山石的雕像，底座上刻有文字："我是贝尔吉斯·奥登瓦尔德山人，我是庐山地质世界公园的友好使者。"这是优秀的德国诗人席勒，庐山石化作了诗人高昂的头，而诗人将魂魄融进了庐山，他微张着嘴，似乎在吟诵着他那传遍世界的《欢乐颂》："你温柔的翅膀飞到哪里，那里的人们就结成兄弟……"，那诗歌在天地间铿锵。

庐山石，让我记住了这一切。我把拾起的这一块带回家去，供放在我的书案，每当目光所及，这一切便即刻流动在心里，那云那水那树那人，那万载风流的庐山。

海南，有一条河叫陵水

　　最初到海南，却不知道陵水。那一年住在三亚的清水湾，海南的诗人李少君得知，约去陵水，便问在何处？有多远？少君笑说，你现在的清水湾就在陵水的地面上。

　　原来，车一拐弯离了那些优雅规整的别墅群，便嗅到了乡村的气息，不时有光着脚丫趿拉着人字拖的农人开着摩托箭一般地驰过，卖槟榔的妇人穿着紧身的黑裙，半倚在路旁的椅子上，守着跟前嬉笑的孩儿。一排排椰子树迎面而来，透过椰林，是一片片芒果树，正在冬季里开花，一簇簇一串串的，黄得耀眼。

　　是啊，在海南，在三亚，在陵水，目光所及都是耀眼的，会让从北方来的人不由自主眯缝起眼睛，说一声："哇——！"那红那黄那蓝，从田野到天空，在明丽的阳光下，在澄净的空气里，浓墨重彩，无不透彻，怎能不耀眼呢？

　　清水湾到陵水县城不到半个多小时，洁净的小小县城，有着与喧嚣城市不同的海岛小城的味道，海风吹拂，椰树摇晃，相比那些繁华的都市，街道行人的脸上从容了许多，并不急着赶路的样子，连喝茶端杯、举手投足之间也有了些许闲适。

陵水原是一座古老的县城，在河流与田野交织润泽的海南岛上，早在秦汉时期就已孕育出星星点点的城镇，陵水县便是其中之一。据考古发现，更早之前的新石器时代，海岛原始文化遗址就有130处，这些新石器遗物的主人大都是黎族的先民，他们刀耕火种，开发海岛，陵水河一带也早早留下了他们的足迹，陵水黎族自治县便是因此得名。

大自然给予海南岛的恩赐确是慷慨而丰厚，除了海洋无尽的资源，岛上每一寸土地都蕴含着宝藏。从娥隆岭发源而下的陵水河，秀美而又充沛，两岸树木繁多，有世界珍稀树种青皮，还有红绸、黑绸、坡垒、橄榄、花梨、竹林和灌木。叫着好听的"红绸"的树，又名小叶青冈，质地坚硬，树龄可在1700年以上，也就是说，"红绸"曾经历了自晋朝以后的南北朝、唐宋元明清，一直到如今。无数潮起潮落，风云更迭，谁能见得，苏东坡长袖当舞，就在这树下笔走龙蛇："天其以我为箕子，要使此意留要荒。他年谁作舆地志，海南万里真吾乡。"再摸"红绸"，却不是柔软的，铁骨铮铮，早已是千锤百炼百毒不侵，留住了许多先人的精魂。

树无语，鸟有声，或许只有那些栖息于树上的鸟儿，和至今仍住在深山里，脸和身体也刻上了如树皮花纹的黎族老人，才会对树的心事略知一二。

黎族人只有语言没有文字，与好些南方少数民族一样，黎族人总是在战乱的颠沛之中，反抗与奔跑、迁徙，无暇用文字记述自己的历史，他们只能口传心授，用语言传说故事，将民族的密码传给后人，大力神、鹿回头等人们耳熟能详的故事皆是出自于黎族人的薪火相传。

这些从祖先那里传下来的精神财富一直受到后世黎族人的尊崇，可从陵水诗人那里得到印证。我曾在京城后海《民族文学》小院里不止一次地眺望，那遥远的南方海岛上，有哪些黎族文学新人呢？恰巧受邀参加海南省作协一次活动，时任《天涯》副主编的王雁岭几位热心地给我作了推荐，后来又经李少君相约来到了陵水，与当地的一些黎族诗人相识，他们对民族文化的热爱与呵护溢于言表，他们的诗就如一只只小船，划入了陵水河，晃荡着，不断向前漂流。

我未能去到陵水河的源头，但想象中它穿越山豁，机巧灵敏，将一路的花香采集而来，包括这些载着诗魂的小船，流呵流，流向蔚蓝的海洋。是啊，火山喷发海岛形成之后，陵水河就有了生命，它已面朝大海行走了亿万年，日夜不停，于是才有了两岸花香，有了1700年的红绸树，有了灵气充盈的小城和诗人的吟唱。

再次来到陵水城，夜色中沿河走去，岸边修建了两层便道，上一层人流甚密，小城的人们来来往往，下一层离河水很近，似乎一弯腰就可触到波光闪动的水面。走在这离河相近的小道上，夹杂着泥腥的气息钻进鼻孔，不时有鱼儿从水面跃起，还来不及看清它划出的弧，却见它又钻进了水里。走着走着，不觉已有五六里地，再往前，河会是什么样子呢？

突然脸上感到凉意，却是小小的雨滴，在这冬日如春的陵水，即便是冬雨，也没有寒气，纷乱的毛毛细雨，像河边毛茸茸的芦苇，让脸上痒痒的。雨中的陵水河越发地安静了，在两岸灯光的照耀下，水面上的波光不停地闪动，小雨点打在水面上，就像开出的一朵朵小花。

白日里，便情不自禁走进陵水河旁的小街。一座招人喜欢的小城除了河，一定还有关乎生计、弥漫人间烟火的小街，比起那些外表堂皇、里面摆设却几乎一模一样，让人分不清身处何地的大商场，这些个去处更能道出一座城市的性格。陵水小街果然琳琅满目，一家杂货店里锅碗瓢盆、扫帚竹筐，几乎摆到了街面上，一堆棉絮上东倒西歪地窝着几盏小油灯，矮矮的灯座，估摸能装下二两油，玻璃罩子，棉线搓成的灯芯，小得一手就能握在掌心里。这作何用呢？一问店主，却知陵水这边的人家逢年过节、办喜事都会点上这灯，贴上红帖，向祖先禀告祈福。

五元钱一盏，店主说最好点两盏，于是请他拿过两盏，厚厚的报纸包好，带回了京城。这灯让我想起当年在乡下插队时，也曾有过这样一盏矮矮座子的小灯，阿姨从上海买回的，精致小巧，还套着一个挂钩，可以挂在壁上。我曾在床头土墙上打进根小木桩，就着那悬挂的小灯看了不少杂书。那年月书极少，我家的书都被烧光了，藏下的几本早就看得倒背如流，在乡下想法到一些农户家里寻书，只要打听到一点眉目，便去跟主人家套近乎，好歹也能借出些残破的旧书。白天塞在枕头底下，夜里便偷偷地看。

在陵水河边想起那些往事，一下子便觉得这河离我更近了。它不动声色的样子，自然是深知无数秘密的，它活了亿万年，什么事没有见过呢？即便是一个人小小的悲欢，从古到今的陵水河人，来了又去了，就如河边那些沙砾，铺陈着，被浪淘来淘去，根本就无名无姓，但河都包容着，无论波涛还是礁石，或者一颗颗沙子，都是河的一部分，世世代代就这么流淌着。

它像极了我的三峡那些小河，那些从深山奔向长江的溪河，所以看着特别亲切、熟悉似的。但不同的是，三峡没有陵水岸边的椰子树，高大任性地伸展着身肢的椰子树。那晚我见一位画家提起笔来，蘸满了墨，然后信手画出了几团叶脉，开始未能会意，等他再勾两笔，一下子看出原来画的是椰树，海南岛上的椰风。

我端详了好一阵，后来也画了一幅，却是不像，琢磨了好久突然悟到，其实一直并未曾弄清椰子树究竟长什么样，虽然司空见惯，但何时弄明白过呢？后来在陵水的几日，无论走到哪里，都贪婪地打量那些椰子树，看那挺立的、垂直的、随风变换姿态，像一把把扇子展开,像一个个舞者似的椰子树。

　　临走之前,我又沿着陵水河走了一阵,椰树与河水相伴,一直沿着河堤,看不到尽头。虽然这条海岛上的小河从发源地到流入大海只有七十多公里,但对黎族人来说,就是一条伴随生命的河,生命有多长,它就有多长。而对一个外来的行者而言,它的亿万年流淌,它相伴的树、相伴的城,相伴的灯和诗,只能短短一瞥,如何看得到尽头呢?

红月亮

月光下，一条条长龙正在向江边游走。

早些时候，兴奋的人们已在夕阳映照的新建广场上龙腾凤舞，但那只是这个夜晚的预热，更多的精彩尚在摩拳擦掌的期待之中。越来越多的人乐呵呵地等候在江岸的一排排吊脚楼前，娃儿们奔前跑后，雀跃不已。

这是重庆江津人一年中最重要的日子。"谁家见月能闲坐，何处闻灯不看来？"正月十五闹元宵，在位处长江要道的江津一些小镇上已有两千多年的传统，元宵灯火带给人们的欢腾喜悦，自不待言，而在江津的舞龙玩灯之中，更有一番惊天的豪情。

那或许是高山大川养就的。远古的长江从雪山走来，势不可挡地冲破一道道重峦叠嶂，在江津这片山地间，龙飞凤舞地划出一个"几"字，大江之水变得更为浩荡，却又流连不已地绕着此地的一座鼎山，环抱回旋良久才往东而去。正如出生于江津的明代才子江渊所赞："几江形势甲川东，山势崔巍类鼎钟，岚净天空青嶂耸，雨余烟敛翠华重。"

秀美的江津古时周属巴国，历代均为川东重镇，悠悠岁月里千帆汇集，商肆林立，文人骚客、商贾舟车纷纷来往于此。大江奔流，江津一带的龙门滩、朱家滩、小滩子三道险滩，构成川江峡谷间最为凶犷的滩涂，"龙门非禹凿，诡怪乃天功。西南出巴峡，不与众山同"，雄奇的山脉，湍急的江水，造就了一代代大江气派的英雄豪杰。

重庆人爱摆龙门阵，江津人更不例外，爱把自豪的故事说与后人听，逢年过节时更是如此。

话说江津城区的石狮子街有一座江公享堂，四悬山式屋顶，始建于明代，正是历史名人江渊的府邸。江津少年时便文武双全，入进士后被选为翰林院庶吉士，授编修。1449年，大漠已西的瓦剌军进攻明朝，明英宗率军亲征，在"土木堡之变"中惨败被俘，瓦剌军直逼京师，万分危急之时，江渊协同兵部尚书于谦等人力主固守京师，捍卫江山，最终取得胜利。

江渊以功劳和才学在朝廷历任太子太师、工部尚书等职，后回归故里兴建梅溪书院，教授乡中子弟，惠泽一方。明宪宗念其功绩，下诏在江津城里为他建筑府邸，并钦书楹联赐予，至今门前可见那幅石刻楹联："北极勋臣府，西川相国家"。

一代功勋，护国护家，乡风绵延长江两岸。

在那鼎山之侧，屹立着元帅聂荣臻的雕像，他也是江津的儿子，自小勤奋好学，追求真理，一生征战无数，却是侠骨柔情。著名作家魏巍当年以诗形容聂荣臻"一生厚道人称赞，千秋风流一元戎"。抗战时期的百团大战烽火之中，有一天，前线战士突然发现了两个日本小姑娘在废墟中悲啼，聂荣臻得知以后，当即下令让战士们好生照看，并亲笔书信给日本军指挥官，称两国交战，孩子无罪，随后将这两个小姑娘辗转送交给了日本人。多年之后，得以幸存的日本孤女专程来到中国拜谢聂帅救命之恩，俩手相握之时，女子涕泪双流，在场人无不动容。"将军救孤女"的故事感动天下。

前两年,我在撰写长篇报告文学《强国重器》一书时,采访关于我国到目前为止最大的科学装置——北京正负电子对撞机——的建造始末,便得知这项重大工程正是由聂荣臻元帅主抓。他曾在建国后面临科技发展艰难、内外困境之际拍案而起,大声疾呼:"我们被逼上梁山了,自己干吧!"遂受命亲自带领科技大军攻克无数难关,研制成功导弹、原子弹,功标青史。北京正负电子对撞机也是在他的亲自率领下经历了艰辛的拼搏,于1988年建成投入使用。聂荣臻亲为这项工程的画册作序,写道:"这是我国科学家继原子弹、氢弹、导弹、人造卫星、核潜艇等之后获得的巨大科技成就。中国人民永远不会忘记北京正负电子对撞机建设者为振兴中华科学事业无私奉献的精神,也不会忘记世界高能物理学界朋友们对北京正负电子对撞机的支持和帮助。"

时光荏苒,但聂帅深情的话语犹在耳边。

看长江东去,江心砥石傲然,经历了无数冲刷而屹立如初,长江母亲河所养育的英雄豪杰也正如这江心砥石屹立中流,是为民族的精神砥柱。

这个夜晚,灯火中再现。

同车的小吴已经唱了三支歌,都是写给江津的歌。若不是快到白沙镇上,他还将一直唱下去。透过车窗看到路旁摩肩接踵的人流,小吴忍不住想探头打量,看有没有他熟悉的亲友。

二十多岁的小吴在这江边小镇上出生长大,能说一口字正腔圆的普通话,他跟江津街头的青年们一样,穿戴时尚,性情开朗。小吴的父母原来都在白沙镇上过活,一个在建筑队,一个在针织厂,如今全家都在江津城里安居乐业,但每到过年期间父母都要赶回白沙,为的是与亲友团聚,正月十五闹元宵。

小吴自豪地说："我妈也在舞龙。"他再次看向窗外，想找到妈妈。"她们那一队全都是女的，耍了好几年了。"他说。

我也很想看到那条由女子们高举的龙，长着什么模样？还想看看小吴的妈妈是怎样一位女汉子？照说吴妈妈的年龄起码已过五旬，且能舞龙，一定是足够身强力壮。但人头攒动，眨眼间街上如洪流汹涌，只见人们三五成群，或扶老携幼，祖孙三代前呼后唤，或情侣相伴，牵手而行。小吴说，从网上得知，小镇上此刻已有数万人走上街头。

一时间人山人海，喜气洋洋。

要说，江津白沙古镇自唐朝以来便是川东、川南一大水路要津，也是川黔滇驿道上的重要集镇，码头扼守着长江要道，人烟稠密。当地人说前些年，赶过河船到对岸坐火车的，上泸州下重庆的，等船的旅客把码头的一层层石阶都站满了。江面上运煤运盐、运木材的货船往来如梭，直到上世纪90年代前后兴修公路，码头才变得安静了些。近年来借助厚重的历史文化资源，江津一带都在加倍保护生态，重现长江美景，又迎来了新的红火。

说话间，月亮已升起在大江上空，舞龙的队伍早就按捺不住，争先恐后地摆开阵势，大鼓大锣敲得震天响。川江一带的灯会节目繁多，踩高跷、划花船、耍莲枪、玩蚌壳……还有解灯谜、滚铁环、百步穿杨、唐宋投壶等民间游戏，无论老幼，既是观者又是参与者。

灯谜里有人物风光、有趣的想象和吉祥的祝福。猜谜的人兴致盎然，说："拜年，谜底打一作家名。"四下猜了一会儿，有人突然悟道："贺敬之。"

又道："一对姐妹花，身穿红褂褂，各把门一端，同说吉祥话。"这个不难，猜了片刻，有人道："春联。"

众人合掌大笑。

江津风气崇尚文化，重视教育，明清时期便建有栖清书院、梅溪书院、聚奎书院等多所学堂，培养了不少文人学士，而尤其令人惊讶的，在江津的几所中学就读过的学子中竟然先后出现了12位中国科学院、中国工程院院士和一大批知名专家、学者。

享誉中外的核物理学家、"两弹元勋"邓稼先便是其中一位。抗战时期的1940年夏天，邓稼先遵从父亲嘱咐，来到江津国立九中（今江津二中）插入高三年级学习。当时物资匮乏，邓稼先用一小管靛粉兑上井水做墨水，将一些废统计图表的背面做练习本。没有统一教材，邓稼先在中学老师指导下，找到商务图书馆、中华书局出版的教本反复对照，取长补短。江津几年的中学教育，为邓稼先后来的成长打下了坚实的基础，他在为我国核物理研究立功成名之后，曾多次念念不忘在江津上学的日子。

另一位著名物理学家周光召也曾在江津的百年老校聚奎书院、后来的聚奎中学就读。这座校园倚山而建，奇石林立，英气灵动，校训为"志不求易，事不避难"，正是周光召日后在科学道路上执着探求的写照。

我在前年采访物理学家们时得知，上个世纪50年代，年轻的周光召曾被派往莫斯科的杜布纳联合核子研究所工作，在那个弥漫着白桦林清香的国际科学城里汇集了许多世界级的核物理学家，而当时年轻的周光召从众多的科学家之中脱颖而出，两次获得杜布纳研究所的科研奖金，其中最著名的是1958年他在杜布纳首先提出粒子的螺旋态振幅，并建立了相应的数学方法，后来被世界公认为赝矢量流部分守恒定理的奠基人之一。

周光召在杜布纳研究所工作的三年多时间里，一共发表了30多篇论文，引起了国际物理学界的高度重视，成为蜚声国际科学界的青年学者。当年有一位对中国怀有感情的前苏联专家在中苏交恶，从中国撤离时曾说："你们不要发愁，我们走了，你们也能把原子弹研制出来，你们有邓稼先、周光召……"

　　这应算是一种历史的惊喜，小城江津滋养过这些杰出的人物。邓稼先、周光召等12位院士曾伴着江津的月光，长江的涛声，恰同学少年，风华正茂，卧薪尝胆练就一身学问，保家护国终成大业。

　　在这合家团圆的元宵佳节，那曾经俯视过他们的月光美丽如初。

　　月亮高高地升起来，打铁水开始了，灿烂的火花照亮了天际，男女老少的脸上都映照着天上的月光和人间的火花。

　　春去春又来，白沙古镇上的人都知道，年年闹元宵最让人兴奋的盛宴是绝技"打铁水"。这是江津当地一门非物质文化遗产的传统技艺，源于明末清初，最早来自民间补锅匠的手艺，锅补好后，剩余的铁水在坪院里抛洒戏耍，以此祈福，后演化为逢年过节时补锅匠们聚集在一块儿"打铁水"，寓意日子红红火火。

　　这时，在准备玩灯的空场上，打铁水的师傅们早就搬来了炉子，木炭烧起大火，熔化铁水……，一切准备就绪，锣鼓也一阵紧似一阵。在人们紧张的期待之中，一位师傅终于举瓢舀起沸腾的铁水，接着随手一抛，他身旁的几位迅捷用一块木板接住，然后转身将那铁水洒向空中——刹那间，但见无数颗流星冲向夜空，划出一道道璀璨的弧线，随之一朵朵盛大的烟花依次绽放。

　　围观的人们发出一阵阵欢呼。

　　一边惊叹一边好奇，铁的熔点高达1000多度，"打铁水"怎么做到如此自如的呢？火红的铁水在那些师傅们手中就像是温柔的锦缎，随手就裁出千万花朵，他们的动作不慌不忙，娴熟自然，就像舞蹈一般。小吴在一旁笑道："这些抛铁水的师傅都是白沙附近普通的农民，但打铁水的家传大都四五代了，从爷爷的爷爷传到如今，他们从小就练习，早就得心应手。"

不觉看得痴迷，红彤彤的铁水一次次被掬起抛洒，又恰似天女散花，姹紫嫣红，那火树银花不夜天，或许正是由此而来？正看着，突然鞭炮齐鸣，一支又一支长龙摇头摆尾地冲向了铁花绽放处。

他们在热烈的火花中穿行，舞龙者袖口裤管都扎得紧紧的，头巾将头顶和大半个脸也都遮得严实，放鞭炮的人故意将炮仗朝他们跟前丢放，但一个个舞龙者毫不躲闪，反倒一个劲直往炸得响亮的地方钻，越舞越带劲。江津人称之为"炸龙"，噼啪声中，果然是冲天的豪情，传世的勇气。大龙小龙，还有女子们舞的龙，群龙相会，一片欢腾。

数万人在这一刻就像铁水似的沸腾起来，他们释放一年的辛劳，燃烧新一年的希望。这漫天火花不是焰火却胜似焰火，它那么明亮，那么滚烫，灼灼辉辉，连天上的月亮都被它灼热了。

一抬头，那半空中的月亮真的是红了脸庞，圆圆的，仿佛可以触摸到毛茸茸的红晕。我从来没见过那么温暖的月亮，红月亮。

有一种情感因血脉相连

那天在台北，纷纷细雨中的板桥市和平公园门口，我一眼就认出了他。虽然从来没有见过面，但却打小就熟悉的——表舅许贤孝。年近七旬的老人，微微佝偻着身子，眼神里充满了温和的期盼，跟我妈一样的宽额头、洁白的牙齿。

我毫不犹豫，对身旁热心的出租车司机说：找到了。一路上这位司机一直在替我担心，能不能在熙熙攘攘的人群中认出从没见过的亲人。车一停，老人果然立马走了过来，从车门外探过身子，说："我是许贤孝。"我叫了声表舅，他一把握住了我的手。然后将一把台币揣到司机的怀里，对我说：回家吧。

表舅的话一口乡音，巴东人，三峡之间的瞿塘峡边，他的家乡还有一个小地名，叫作宝塔河。那是一条从高山峻岭穿透而下的小河，清洌透明，两岸怪石错综嶙峋，长着顽强的深绿色小树，暖和的日子里，河畔开出各种颜色的小花。表舅就出生在那里，童年的日子在守望着大江小河的重唱中度过。他离开巴东宝塔河时，父亲已经死了，一个姐姐也嫁到了很远的神农架,家中只有母亲和年幼的妹妹。寡母用做针线活的钱供他读了书,少年义气的他来到武昌黄鹤楼下报名参了军。那次参军是要经过文化考试的,说是从军以后还要深造,悬挂在黄鹤楼的榜上,表舅许贤孝位居第三名。他把这个得意捎回了家乡,但从此便无了音讯。那是抗战结束不久,几年以后家人才辗转得到消息,说是人去了台湾。

这段故事从小我就熟知,我妈当作她家族的一件秘密在我读书识字以后,很谨慎地多次对我叙述,并每次都不忘加上一句,不要在外面乱说。这种叮嘱大大加强了我对那位遥不可及的表舅的好奇。

上个世纪后期,大陆与台湾的坚冰终于开始化解,两岸走动频频,而表舅许贤孝却迟迟没有音讯。一个偶然的机会,我在恩施见到来自台湾的书法家谭隆庭,得知他也是巴东人,便向他打听许贤孝这个名字,本来只是随便问问,不料谭先生一听大叫,说许先生正是他的好朋友,两人常常聚会。这实在让人喜出望外,当下请谭先生带去一封书信,将我妈以及许多亲戚的问候一并捎了去,不久就收到了表舅许贤孝的回信。很讲究的宣纸,满篇清秀的毛笔字,起头:贤侄女叶梅如面。

每逢提到名字时一定要重新起头,表示恭敬的意思。信纸上存有点点模糊不清的泪痕,使人触目心惊。原来他参军不久就从上海去了台湾,后来改行做了教师,他一定是很敬业的,后来成为一所国中的教导主任。他一直以为很快就会回到家乡,直到三十多岁才结婚,娶了一位高雄的女护士,为他生了一儿一女。

我与表舅通信不久的一个春节,他终于与谭先生一起回到了巴东。那年的雪很大,遮天蔽日,从恩施到巴东的公路上铺满了难以融化的冰雪,我因为种种原因没能去巴东拜望他。只知他在雪中的宝塔河祭扫了母亲的坟墓,小妹也早已夭折,当年听涛的小屋面目全非,家乡已经没有他的至亲，但还有一些表亲，我的大舅二舅，还有姨妈他们殷勤陪伴左右，看望了许多他曾经听说和没听说的亲戚。他们在长江边照了很多相，一家一家的，都把表舅许贤孝让在中间。他在一堆堆欢笑的人丛中直立着，也带着些许微笑，但眼神却是沉甸甸的，大概一直难从哀悼母亲的情绪中走出来。临别时，巴东的亲戚争先恐后地送给他许多自制的腊肉香肠，他拿不动，到了武汉，就又转送给别人了。

几年间，表舅断断续续地与我通信，但到后来却不知为何渐渐淡下来，到我2000年春被通知参加作家代表团访问台湾时，我与表舅已经很久没有联系了。临行前我给他去了信，一到高雄就给他打电话，却说是空号，反复再三亦是如此，不由十分失望。心想恐怕此次难以相见了，在台北只待两天，不可能有多的时间慢慢寻找。可那天一到台北，当地的作家朋友请我们去一家日本料理吃饭，其中台北一家电视台的主持人廖先生就坐在我的身旁，他听说我是从湖北来的，便很高兴地说他的太太祖籍也是湖北，又说还有湖北同乡会。我忙问他可不可以帮忙打听一个人。他说当然可以，大陆老乡经常聚会的，只要知道名字就可以。我说了表舅的名字和地址，还有那个电话号码。廖先生拿出手机按了一阵，好像是在询问板桥的总机，片刻之后便写下了一个号码，递给我说：这就是许先生的号码，我现在打打看。

我不相信事情会这么简单。但在怀疑之间，那边电话已经通了，廖先生先自我介绍了两句，他本来在台湾家喻户晓，话筒里立即清楚地传来一声惊呼。廖先生也不解释，只说，许先生，您的一位侄女从大陆来了，您等着说话。

我接过话筒，又惊又喜。我说表舅您好，我是叶梅。

电话里一个淳厚的声音提高了八度：叶梅！你真的来了？什么时候

到的台北？住几天？你在哪儿？我怎么跟你联系？或者我明天去看你，你看你们什么时候有时间？

表舅一连串带问号的话，问得我来不及一一回答。那是一个饭馆，很热闹，大家都在谈笑风生，我没法细说，只说了我们住的地方，然后约好，第二天一早表舅到我们住的地方来。

然而第二天吃过了早点，我朝宾馆的大门张望了无数次，也没见有人过来找我。我怕表舅走错了地方，又回到房间等待，可约定时间过去很久，还是不见人。往他家打了一个电话，一位带着浓重闽南口音的女士——也就是表舅妈接了电话，可她的话实在不好懂，翻来覆去说了好多遍，才勉强明白表舅昨晚心脏不太好，今天一早就去了医院。

我大吃一惊，心想为什么迟不发病晚不发病，偏偏这时候发病呢？莫非是因为昨天突然给他打去电话，让老人猝不及防？这一想心里很是不得安生，又追过去打了好几次电话，费劲地问那位舅妈，病情到底如何？一直追到中午，接电话的声音成了表舅，心里才一块石头落了地。他说我的病是老毛病，不要紧，但医生不让我到处走动，你看能不能到家里来？你打的士，把路线给司机说清楚，他会把你送到的。我们就在板桥的和平公园门口见，我在那儿等你。

于是那天中午，我从饭店出来，高雄文艺协会的王蜀桂女士把我送到出租车前，对司机说你一定要送到哟，送不到我会找你的啦，我把你的车号都记在这里的啦！板桥离台北市区有好几十公里，走了一个多小时，一路天色暗暗的，像要下雨，好在大雨没来之前，车就到了和平公园门前。

表舅的家就在公园不远处，刚买的新房，搬过来不到一个月，换了电话，难怪从前的号码打不通。表舅一家四口，儿子刚从大学毕业不久，漂亮文静；女儿在银行上班，那天没在家。一进门，表舅忙忙乎乎地给我拿水果，说这是台湾的李子，很大很甜，你尝尝，还有香蕉，你也尝尝。一会儿门响,进来一个瘦小的妇人,静静地笑着,我想这就是舅妈了。她的话比电话里更难懂,只是一个劲地说你坐你坐,转过身泡出一壶乌龙茶,表舅接过倒在小杯里,酽酽的,闻着很香。可倒茶时,我看见表舅的手抖抖的,茶水几次要从杯里泼洒出来。我忙接过壶,说我自己来。表舅一脸怆然,说前几年中了一次风,手也抖了,不听使唤,因此信也就很少写。接到你的信,知道你要到台湾来,心里真高兴,可提不动笔。

我听着听着,心一下子酸痛起来。

就那么喝着茶聊天,我跟表舅,不像是初次见面,很熟很亲昵很放松。谈得最多的还是长江和宝塔河,他说从前坐船从巴东到武汉要走半个月,现在一两天就到了。我说如果坐快轮,三个钟头就到了宜昌,然后高速公路当天就到了武汉。他感慨地说是啊,什么都变了。只是宝塔河还缺一座桥,要知道那条河平常水不大,可一有大雨就凶猛得很,娃娃们要是去上学,回来是过不了河的。上次我回到家乡就想捐点钱让乡政府修座桥,一直没办成。

我说你什么时候再回去看看,想办就一定办得成。

他说我跟你大舅约过,等我退了休就跟他一起到处游水玩水,可是等我刚刚退休,就听说他病逝了。

我说您要再回来,我去陪着您。他笑了起来,说那当然好。我说我带来几张大陆画家的山水画,您这房子刚刚搬,可以挂起来。那些山水或许能补宝塔河之憾?

时间过得很快,说话间不觉窗外的日光渐渐淡了下去。我站起身,说我该走了。表舅脸上的表情慌张起来,说什么?你就要走?不吃饭?不再坐坐?我说不了,来的时候跟朋友们说好,晚饭前赶到饭店,要不他们会着急的。

全家人都出来一番挽留,可我还是得走,虽然心里有许多难舍。

雨比来时下得大了，须打着伞，在表舅撑着的伞下，我们走过了他居住的小区，他说这里很好记的，你看这是二楼，下次你来应该不会忘记。

到街前，他给我叫了出租车，也是朝司机细细地叮嘱了一番，然后从怀里掏出一个盒子，说这是一支金笔，你不是写作吗？又递过一个信封，说这是你舅妈的一点意思，按这里规矩，凡是家里来的小辈人都有的。我打开来，是一叠台币，不多，但温温的。我将信封给他塞了回去，可等到车开动之后，他却又塞了进来，说你不收，你舅妈会生气的。

车开着，我回过身来，看那个苍老的身影渐渐远了，先前的酸痛一下子汹涌地涨满在心底。第二天早上，出乎意料地，表舅突然来到了我们开会的地方。我给他说过，让表弟来取我带来的画，可没想到他亲自来了。他跟我一行来的朋友们寒暄了一阵，见我们马上要去开会，生怕耽误了我，匆匆地要走，我送他上了公共汽车，一直却有些担心。过了一天，我们便离开了台北，在机场我给表舅家打了个电话，他的声音听去很健康，这让我开心了许多。

后来，我把在表舅家照的几张相片冲洗出来寄给了他，但却没有得到回信。不知他收到没有？也不知那几张酷似宝塔河的山水挂在了哪里？还有他的手，还是不听使唤地抖动吗？虽然又一次断了书信，但这回我知道，其实有一种因血脉相连的情感始终都藏在老人的心底，无论何时。

朝天门

朝天门，一直都是重庆这座著名山城的象征，凡提到重庆，首先想到的便是耸立于长江和嘉陵江夹围的码头上，那叫作朝天门的地方。早年间，山城沿江有九门，将重庆半岛挨次围合，朝天门码头所在的沙嘴水位最低，长江迎合了左侧奔来的嘉陵江，浑黄与碧绿的江水在此激流冲撞，清浊分明，素称"夹马水"，其势如野马分鬃，激荡起大江一股股汹涌旋流，势为天下绝观。

小时候，常听我的外婆说到重庆，以及朝天门，有一些重要的人和事似乎都跟这些与我们相去不远的地方有关。重庆应是长江三峡的始起之城，外婆家的木楼则在三峡巫峡口的巴东县城里，共享大巴山脉的乡风民俗。外婆的娘家兄弟都是川江上的船工，常年行船于重庆至宜昌之间，每走一趟回来，除了带回些吃食，如川渝的糍粑、麻糖、酥饼，还会带回一些"稀奇"故事。朝天门的印象就是那样一点点深刻进我的脑子里的。

三峡两岸的人都把去到重庆当作一件大事，会对那边传来的逸闻趣事津津乐道。从巴东去往重庆的水路溯江而上,当年的木船少则一周多则半月,川江上险滩密布,怪礁林立,若是遇到风浪,稍有不慎便会船毁人亡。行船人多是在刀尖上度日,外婆常为她的兄弟们担心,时常会站在吊脚木楼的窗前朝江面凝望,每当认出江上熟悉的船帆,便会喜笑颜开地转身去做些三峡人爱吃的榨辣椒炒肉、麻婆豆腐、芹菜炒香干之类的下酒菜,再去街对面的小店打来一壶苞谷酒,等候兄弟们进门。

  外婆的兄弟们喝酒的时候会摆古,说到刚去过的朝天门,那里古来便是长江"黄金水道"最重要的码头,无论春夏秋冬,停靠在那里的船只就像天上的星星数不清。朝天门建在江崖高处,门外是下到码头的长坡,江上的船只快到重庆之时,远远地就会看见那座仿佛立于天空之上的城门,停船后沿着长坡而上,抬头可见朝天门外、瓮城门额上刻有"朝天门"三个大字,正门额上还刻有"古渝雄关",更是气派得很。

  我那时还小,朝天门三字引起我无穷遐想,以为进了那门,就如登天一般,是否就是天地之间的一道门槛?这样不止一次问过外婆,外婆慈祥笑而不答,或许也有同感,只是不敢确定而已。后来得知,朝天门建得很早,大约在公元前314年,秦将张仪灭了巴国后,为修筑巴郡城池而建起了这座城门。此后历代官员均在此处承接皇帝圣旨,因那时从长安或其他都城来至渝州,也就是重庆,若走陆路则为"蜀道难,难于上青天"的鸟道,万分艰险,于是使臣们大都选择水路,登渝州此码头传天子之命,也因此而叫作朝天门。

  朝天门上可观大江好风景,嘉陵江与长江在此交错相汇,每逢夏秋之时,水势澎湃,翻卷起万千姿态,犹如雪崩浪塌,犹如排山倒海,但终归融汇一水,向东而去。那不可阻挡的交融,豪情万丈、义无反顾地奔流,也当是多少英雄豪杰向往的人生呵。朝天门下的江边,可见江心的石矶随大水涨落而沉浮，那里的嶙峋礁石，有一处为"夫归石"，又名"呼归石"，蕴藏着一个古老的传说。相传大禹在古渝州娶涂山氏女，此后治水13年不入家门，涂山氏女伫立矶上，望夫归来，却一直未能得见，风霜雨雪之间，女子化身为石，从此立于江心，痴情地等待丈夫的归来。

而在沙嘴伸向江心的石丛中，还藏有千古之谜。那是古人在礁石上刻下的一道道碑文，有史载可考的"丰年碑""义熙碑""灵石碑""丰年石"等15幅石刻题记，是已知长江上游年代最早、水位最低的水文题记。其中有"汉光武灵石题记"，"晋义熙灵石社日记"，唐朝天宝十五年（756）"张萱灵石碑"，明弘治十六年（1503）"屈直德半年题记"等。然而，这些碑刻藏于水中，千百年来只露过几次面，据《巴县志》记载，那是在康熙、乾隆年间水位最低时。此后再未曾有人见过，三峡大坝水位上涨之后，这些附带着难解之谜的碑刻更是深藏水底。古时人们就称它们为"灵石"，我想，是人的文字与思想赋予石头之灵气，还是那石头本身就如《红楼梦》女娲补天之余的通灵之石，人们才会选择而刻上碑文？或许两者兼而有之，人与自然的灵性相通，一些奇妙的意象也就应运而生。

灵石虽然为滔滔大江所拥抱，深藏于江水的怀里，但我们仍能感觉到它们的潜伏，深沉地一动不动，坚如磐石正是它们的写照。它们传递的信息实际上无时不在，那是一个民族历久弥新的神脉，代代相传，沉淀越久会越显珍贵。

作为一个三峡人，我多次来到重庆，最初少年时，来此最大的心愿就是登朝天门、看灵石、观红岩。虽然之前就听外婆说过，朝天门的旧城门早在多年前拆除，而且又因1949年"九二"火灾，一场意外的大火将朝天门附近的几十条街巷，赣江街、余家巷、陕西街、灯笼巷……连同街上的药铺、学校、银行钱庄、仓库全都烧为废墟，朝天门也只剩下半圈城基墙垣，但我登上朝天门码头后却仍不甘心。在我的想象中，朝天门依然是高高地耸立着，似乎只要用心去寻找，就一定会找到。

后来沿街走去，一路步行到了解放碑，心中的遗憾一下子得以释然，我在那座高大的碑前请人拍了一张照片，一直珍藏着，从那时起，看见解放碑就知道到了朝天门。事实上，重庆解放碑的名声天下皆知。那碑最早建于1941年，为动员民众抗日救国，迁都重庆的国民政府在市中区都邮街广场建成了一座碑形建筑，名为"精神堡垒"，意指坚决抗战的精神。为四方形5层炮楼式木结构建筑，通高7丈7尺，象征"七七"抗战，为防日机轰炸，外表涂成了黑色，但后来还是遭遇轰炸而损毁。抗战胜利后，即在原址上修建了"抗战胜利纪功碑"，据说碑身内侧刻有中国阵亡将士的名字，碑中则存放了美国总统罗斯福1944年5月17日写给重庆人民的致敬信："我以美利坚合众国的名义致书重庆市，以表达我对英勇的重庆市民的敬意。还在世界人民了解恐怖袭击之前，贵市人民在多次残暴的空袭面前，表现出的坚毅镇定、英勇不屈的精神。这光荣地证明：决心争取自由的人民，其意志决非暴力恐怖所能摧毁。你们对自由事业的忠诚将永远鼓励子孙后代。"

1949年11月30日，解放军占领重庆，西南军政委员会对"抗战胜利纪功碑"进行改建，由西南军政委员会主席刘伯承题字，碑名改为"人民解放纪念碑"，从那以后，人们称之为解放碑。

有一年初夏，我与一批湖北作家乘船来到重庆，曾写过《将军决战岂止在战场》的著名作家黄济人一行友好接待，领着我们在码头乘缆车登上朝天门，然后径直走进附近一家火锅店。黄济人先生豪爽性格，说这家火锅店是重庆最好的，你们湖北来的朋友一定要尝一尝。我们同饮一江水，都爱吃辣，但湖北人吃不过重庆人，一顿火锅吃得大家满头大汗，嘴里唏嘘不已。席间我们说起朝天门和解放碑，没想到黄先生说他家就住在解放碑旁边的一幢楼里，晚上散步就在朝天门一带。他家住顶楼，用卡车拉了泥土运上楼顶，然后种下了好几棵樱桃树，每年夏秋之时樱桃熟了，味道很甜。黄先生的一番话，让我心目中的朝天门和解放碑顿时添了许多亲切，加之辣火锅和甜樱桃，不由感觉重庆气息中夹裹着的庙堂与江湖，阳春白雪与下里巴人。

每次来重庆，我都想到朝天门去看一看，而近些年每次来总会有好些诧异和陌生，疑惑是否走错了地方，直到突然走到那座熟悉的解放碑前，仰视它的高大巍峨，才晓得这就是了。

怨不得我的这种陌生感，这城市的变化果真应了那句成语：日新月异。10 年前的 2012 年 8 月 30 日，因下游三峡大坝的修建，长江水位上涨，重庆港客运大楼及三峡宾馆实施爆破拆除，朝天门从那时起进入新的时代，它一年年随着重庆整体的发展而惊人地变化着，逐渐被打造成重庆渝中区 CBD 中央商务区。那一幢幢高耸入云、设计风格多样的地标性建筑环绕着解放碑，在这片生机盎然的城市森林中，活跃着四千多家商业门店，二十多家大型商场，近百个金融网点和证券交易所，重庆最大的书城，几百家餐饮，被称为"好吃街"的八一路小吃街……2022 年 11 月 25 日，解放碑——朝天门城市更新工程获得"2021 成渝城市更新十大地标"称号。

站在逾百层的来福士玻璃观景平台上，可以俯瞰从解放碑到朝天门，乃至嘉陵江长江交汇的宽阔江面，以及两江对岸，三面风景，一座座气势雄壮的大桥将它们勾连为一体。玻璃平台上游人不少，有恐高者则忍不住一声声惊呼，我大胆扶着栏杆走到平台的最边缘，双脚踩着透明的玻璃，似乎凌空于大江之上，身体也不由一阵阵发紧。但看江水微澜，一艘艘货轮、游轮在江上穿行，像一个个伸向不同方向的箭头，每一寸时光里，都含有过去、现在和未来，那箭头自然也是指向未来。沧海桑田，古老的朝天门从木楼土墙化作如今现代化城市圈的中心，"棒棒军"成为从前的山城民谣，重庆已然是长江上游的经济文化高地。

一对情侣在平台坐上了"秋千"，那是可以向前摇动的座椅，服务生为他们系好安全带，然后将座椅推入轨道，向前滑动着飞向了天空，年轻的情侣和旁观者都大笑不止。再上一层有更为刺激的"云中漫步"，在250米高度的楼顶露天栈道上，可以看到大半个重庆城。我羡慕尝试者的勇气，但我更愿意选择在朝天门的街道上自由行走。

重庆公路"零公里"标志即设在朝天门广场，"零公里"是一个国家或城市干线公路的起点，也是一个城市中心点的象征。我从"零公里"向江边走去。入夜，对岸的洪崖洞、大剧院、科技馆灯光粲然，火树银花，映射出流动的江面也如彩色斑斓的图画。这城市处处都昂扬着旺盛的生命力，街道旁的石壁上常常可见藤萝垂青，还有一棵棵长于岩石缝中的黄角树，树根粗壮地裸露在外，仍自顾生长，顽强的样子着实让人佩服。来至江边的石阶旁，又想起外婆曾讲过的一个传说，说这重庆岸边的石阶，无论江水怎样枯竭，无有穷尽，可通往江底的一座金竹宫。那或许就是灵石屹立的地方吧，它们记载着长江上游这片水土的过去，古老而又青春的朝天门则不仅如此，更显示出重庆这座重要城市的现实和未来。

第二辑

基诺山

说到基诺族，有时会遇到这样的问话："有这个民族吗？"

55个少数民族要一口气说全不容易，特别是一些人口较少民族，平时接触很少，遇到这样的问话并不奇怪。有幸的是，我在《民族文学》工作期间，对少数民族的分布有了一定了解，我说："有啊。基诺人生活在云南西双版纳，人口不足3万。"

那时我还没到过西双版纳，对基诺族的一些了解，很多来自一位叫张志华的武警。他就是一位基诺人，长得身材高大，浓眉毛厚嘴唇，毕业于中央民族大学哲学系研究生班，却当过边防派出所的民警、所长，边防支队武警中校，荣立过三等功，又还是西双版纳作协理事。

他爱写作。每次见面，不出三句话，他就会开始热情洋溢地介绍他的民族，哪怕是之前已经说过。他就像是基诺人派出的一位代表，形象代言人，走到哪儿就说到哪儿。

最早认识他，也是因为那年《民族文学》杂志举办55个少数民族作家研讨班，筹备期间，我们请云南作协杨洪昆、胡性能等几位帮忙推荐当地人口较少民族的作家，他们很慎重地推荐了一批，德昂族的艾傈木诺、阿昌族的孙宝廷、布朗族的陶玉民、基诺族的张志华等。在这个研讨班上，出生于1958年的张志华应是年龄最大的，同时也是最认真的，无论听专家授课、座谈交流，还是参观访问，他都非常投入，随身总带着一部沉重的相机，不时举起来拍摄，说是要留资料。这年秋天，他也成了"鲁12"高研班的学员，在北京学习了四个月。离开北京时，他逢人就说："欢迎你们到云南来，看看我们的基诺山。"

来到景洪的当天，老罗就说，"张志华打来电话，说他在基诺山等我们。"我知道会是这样的，但即便他不说，我们来了西双版纳，怎么会不去基诺山呢？

基诺山离景洪市区只有50多公里，在椰子树和路灯相映的大街上，随时都能见到旅行社招揽游客的小广告，也有对基诺山的描绘。西双版纳一年四季都是旅游热，即便是炎热的夏季，游客的兴趣丝毫不减。

上山的那天，早晨下起了小雨，带来一丝丝凉意，出城不久就上了弯弯的山道，渐次陡峭。山坡上是一片片茶园，厚厚的绿意，如一片天然的绿毯，看上去是如此紧实。小雨中透着一阵阵茶的馨香，飘进敞开的车窗，闷热了大半个夏季，在这不断攀升的山路上，感到难得的清新。

在清代的文献里，这山被写作"攸乐山"，基诺人古来自称为"攸乐"。基诺山一名属当地基诺族语，"基"是舅父，"诺"是后代，"基诺山"就是舅父的后代居住之地。这一地名显然产生于母系氏族社会时期，其时人们知其母其舅，而不知其父，舅父的社会地位极高，故有舅父后代一说。

而《普洱府志》中有着一段记载："旧时武侯遍游六山，留铜锣于攸乐，置芒于莽芝，埋砖于蛮砖，遗木梆于倚邦，埋马蹬于革登，置撒袋于曼撒，因此名其山。"昔日之攸乐山，似乎是依孔明留铜锣于山内而名。

不争的事实是,古来这山就有基诺族人居住,也有汉人密切来往。这座在连绵起伏的无量山余脉巍然高耸的山峰盛产普洱茶,是普洱茶的六大茶山之一。被人称为云南古代第一部风物特产百科全书的《滇海虞衡志》中记载:"普茶名重于天下,出普洱府所属六茶山:一曰攸乐,二曰革登,三曰倚邦,四曰莽枝,五曰蛮专,六曰慢撒,周八百里。"攸乐即基诺山被排在六大茶山之首。

明末清初时,汉族商人成群结队来到此地,与基诺人一起种茶、制茶,贩运到景洪及更远的地方,茶叶产量曾高达每年1500多担。民国年间人士张肖梅,在其所编的《云南经济》也提到:"大山茶以倚邦、易武、曼撒、架布、曼专、莽芝、革登、曼松、攸乐等处最著,而以攸乐为中心。"

那一条条山路从前有过几度喧闹和繁华,马帮吆喝的声音在山间不停回响,马蹄踩下的石窝至今仍留在山道上。朴实的基诺人,自从学会了种茶,他们与外界的来往就再也没有停止。

车在茶香中爬上了山顶,在一片土红色建筑前停了下来,张志华和他的基诺兄弟正站在一面大鼓下。这个热爱自己民族的武警中校,回到基诺山上,就像豹子回到了山林,他神情兴奋,带着我们看这看那,一路滔滔不绝。

这些年他热心基诺文化的打造,与一些文化人促进基诺山上的一些实景再现,从民间传说到民族历史,从生产到生活,基诺山上立起了创世女神阿嫫腰北塑像、太阳花坛、基诺族五神柱,修建了大公房基诺文化博物馆、卓巴房、染布坊,挖掘展示竹工艺、民间酿酒等。

有关基诺族的汉文记载始于18世纪,雍正七年(1729),清朝在基诺山思通,即如今的司土寨设立了攸乐同知,筑起高大的砖城,派驻军队达500余人，试图建立滇南重镇，但因瘴气严重，疾病流行，时过六年之后不得不裁撤。之后，朝廷委任基诺人首领为攸乐土目，后来又归于傣族土司统领。有一说，基诺族这个民族是从原始社会一步跨入了新社会，但从历史上这些文献看来，实际上也经历过不少重大变迁，受到各种文化的影响，基诺人在走过风霜雨雪的漫漫长路之后，于1979年6月经国务院确认为单一民族，成为新中国的第56个民族，也是到目前为止，最后被认定的民族。

在基诺山的密林里，至今分布着40多个基诺族村寨，聚居着17000多人，他们仍然保留着一些古老的民风民俗，氏族大家庭共居的长房遗迹引起人们的不断怀想和留恋，青年人谈情说爱的公房遗址更是让人想入非非，村庄里仍在节庆时进行着剽牛古俗。在一些偏僻的地方，甚至还会见到树叶信的流传。在通信极为发达的当下，树叶信从过去最简单的联系方式应该被看作最高雅、最具有诗意的情意表达了吧？

你要去攸乐山吗
请你选择几个山寨
找到我的乡友
带你去曼控最高的主峰
俯看雨林穿流的小黑江
源头流出的第一滴水
人们不知道在何方
可我知道小黑江的气势
是千万条溪流汇成的江河
静静地流淌在攸乐山境内
谁都说不清楚有几亿年

> 攸乐人"伟大的母亲河"
>
> 小黑江博大的情怀
>
> 孕育出两岸巍峨的森林屏障
>
> 也孕育出一个古老的民族
>
> 他的名字叫基诺族

张志华在朗诵他写的这首诗时,一双大眼里满含泪水,这个外表粗犷的基诺男子,每当说到他的民族时,内心柔软得就像山野三月的微风。

2014年,中国作协少数民族文学委员会编选大型丛书——《新时期中国少数民族文学作品集·基诺族卷》——聘请张志华为主编,他非常自豪。基诺族在历史上从未有过书面文学的作品,张志华以他的诗歌《神奇的大鼓》《彩虹桥》《啊!我的故乡基诺山》等于2008年加入了中国作协,成为基诺人中的第一个,张志华因此也常常骄傲地说,我是基诺族书面文学第一人。

这话的确是事实。

他的一些诗句时常被他的乡亲们引用。在家乡,张志华跟他的乡亲们都说基诺语,基诺语属汉藏语系藏缅语族,没有文字。过去,基诺人在这陡峭的山上,种植土豆、苞谷和茶,过着简单的生活,多靠刻竹木记事。

妇女喜绣月亮花,头戴披风式尖帽;男子头上留三撮发,额前正中一撮,头顶脑门心两边各一撮,用宽一尺长丈余的黑布缠头。穿耳,戴上竹木或银制的刻有花纹的耳铃。还有一种染齿的习俗,将燃烧后的梨木放在竹筒内,上面盖铁锅片,待铁片上的胭脂呈黑漆状时,即用来染齿,表达爱慕和尊敬。

真是有趣的习俗,试想青年男女相会时,姑娘羞答答地捧上一块铁片，而情郎在姑娘含情脉脉的目光注视下，伸手沾上黑漆，染抹自己的牙齿，抹好之后，效果一定是令人愉悦的。俩人会相视而笑吧。

而现在的基诺人早已融入了现代生活，他们更喜欢直截了当的表白，再没有功夫去熬出黑漆来染齿，但他们对祖先留下的传统仍持以极大的兴趣，传统在以新的方式延续，被人们挖掘出新的深意。

很多年轻人选择了进城，但也有不少留在山上创业，一位复员回到家乡的退伍兵，就在基诺山上办起了绿色生态养殖基地。鸡和牛羊，寻觅的是野果、青草、虫子和飞蚂蚁，饮的是山泉水，牛羊肥壮鸡成群，退伍兵干得很带劲。

张志华带人专门到退伍兵的基地去采访拍摄，还为他写诗加油。

张志华与他的家乡一直在做这些努力，想在今天的时代让基诺山变得更加美好，让大家的日子也过得更加开心。基诺人还组建了一个文学社团，大家志同道合，有钱出钱，有力出力，商量写文章，出书，扩大基诺族的影响。张志华像一位老大哥，很多事都是他领头张罗。他有一个贤妻，还有一个美丽的女儿，也长着一双大眼睛，身材高挑又苗条，在父亲的引导下，喜爱文学，帮着做事。

小雨过后，天气晴了，基诺山崎岖的山路笼罩在一片白雾之中，当阳光冲破阻挡，前方突然出现一种原始的、深不可测的活力。有人敲响了那面直径近两米的大鼓，犹如闷雷，将整座山都震动了。

基诺人大鼓舞2007年入选首批国家级非物质文化遗产。《攸乐攸乐》歌舞演出中，再现了刀耕火种、狩猎酿酒的古老习俗，还有祭祖先玛黑、玛妞，奇科、布姑演奏、成年礼展示、敬酒迎宾、刀山火舞等，这些原本来自于劳动和生活的舞蹈，成为基诺山旅游的亮点，也成了基诺人今天生活的妆点。

就是这座山，那一片生长着绿芽，无边的绿色，原始而又充满着新的活力，不由想起英国浪漫主义诗人华兹华斯的诗句：

> 但是
> 没有忧伤，因为这绿色，
> 因为这光明和富饶，它为自己提供了
> 一切的生命所需。
> 温柔地躺在崎岖的臂弯里，
> 这是多么体贴的呵护。

澜沧江边的一天

那年刚三月，云南昌宁一带的油菜花已经开了，虽然还说不上怒放，但一小片一小片在澜沧江边翠绿的山间格外耀眼。

途经昆明时感到空气的干燥，云南有好几年连续遭遇干旱，昆明大街上尘土飞扬。这座城市本来以水多著称，地下有九条河，地面有两个大湖，但却因遭遇严重的旱情而多处缺水。传说中囚在经幢下的小黑龙一定在剧烈地挣扎，想挣脱锁链去行雨，但或许是他擅自行动得太多，每次未经许可的布雨都会给他的铁链加上一千斤，他如何挣得开呢？

作家黄尧说好些地方要翻山越岭去十几里外弄水，有个小女孩儿带着她四五岁的小妹妹也去找水，只拿得动几个矿泉水瓶，走去几十里，回来的一路上就忍不住全喝光了。听到这些真让人揪心，不免想到，一旦大自然变得不留情面，不再轻易给予阳光、空气和水，这些平时我们心安理得享受的大自然的馈赠，才显得格外珍贵起来。这是大自然给我们的警示吗？我们做错了什么，要不要及时反思？

老天有眼，从火辣辣的昆明飞往保山昌宁的那天清早，天空一片阴霾，下了飞机，惊喜地看到淅淅沥沥的雨点在不断飘洒，顿时满心感激，总算下雨了。虽然因为天气不稳定，我们在机场滞留了多时，但春雨带来的喜悦让人并不觉得等待的漫长。雨中到得昌宁，只见满山尚且稚嫩的油菜花在细雨纷飞下轻轻摇摆，犹如面容羞涩的少女，十分惹人怜爱。

保山是一座古城，所辖昌宁县位于澜沧江边，县名由原先两座古老的小城永昌、顺宁而来。第二日，主人安排我们去看澜沧江，一道同行的有几十位来自全国及云南各地的多民族作家。上得船来，小船不小，是一艘能载上百人的游艇，烟雨朦胧中，船走得十分平稳，没有想象中的惊涛骇浪。主人介绍说，因为小湾水电站的修建，澜沧江的水位上升了300米，以至过去的激流险滩，怪石峡谷均已变为平湖。眼前水色碧绿，宛如绸缎，与岸边的绿树融为一色。

眼观景色秀丽，但心中略有遗憾，以为的澜沧江似乎并不是这等模样。船行了十多公里，停泊在一处山脚下，跟随来的当地的乡镇书记请大家下船，说这里的小地名叫蒸塘河，以温泉著名，你看到处都有滚烫的温泉嘟嘟地从石缝里往外冒，水温最高可达七十多度，能煮熟鸡蛋。

大家一听，急不可待地往岸上爬。但山势颇为险峻，也摸不清路，连问往何处去？一当地小伙抬起胳膊一指，说车在上面等着，爬上去就是。问爬多久？他说，一个多小时吧。

开弓没有回头箭，一个个朝着荒草荆棘的山坡往上爬。那乡镇书记浅平头，皮肤黝黑，穿一身松垮垮的旧西装，在前面带路，写诗的刘年跟他聊天，说，你像一个农民。书记哈哈一笑，说："你在表扬我哟。"刘年也是个农民，对乡村有着难以割舍的情感，后来成为《诗刊》的编辑，发现了余秀华的诗，一时名声大噪，他的发现或许正是与自己的这种情感有关。余秀华穿越了大半个中国，他也几乎是。但那会儿在澜沧江边，大家谁也不会算命，不知道日后会有这么一件比较轰动的事情，会发生在刘年身上。他那时正在《边疆文学》打工，编一些诗，也写诗和散文，有一次，他发给我一篇《大地》，"坐在一个无名的山头，像神一样，俯视人间。这里叫锅底塘村，像一口巨大的锅，人与动物，都在大地的锅里生活。"他的散文语言也跟诗一样，有意思。

刘年的家乡湘西也是山峰陡峻，但那天在蒸塘河一路攀爬，他也不由气喘吁吁，连说好几次没想到。大家都没想到，今天的路程会如此严峻。

从河滩开始往上爬时，草丛中还能见到一些被人踩过的倒伏痕迹，也算是路，但爬着爬着，这样的路也没了，坡度越来越陡，爬在前面的鞋后跟几乎要对着后面人的鼻尖。一蓬蓬率性生长的野草和灌木，拦住人的去路，眼前满是长着红绒花球的朱缨花，叶片硬实的女贞，结着红果的火棘。澜沧江边的温度以及饱满的湿润，让这些植物长势凶猛，这里原本是它们自由的世界，但被我们硬着头皮闯入，只能是披荆斩棘，人与它们，双方都有些伤害。

不由想起鲁迅先生的话，"其实世上本没有路，走的人多了，也便成了路"。算是安慰。天本是一直阴着，一会儿下开了雨，久旱的云南人为雨的到来兴高采烈，但脚底下越来越滑溜，像抹了油，头上湿淋淋的，开始顺着脖子往下淌。我走几步，把头发往旁边顺一下，怕遮住了眼睛，又得小心脚下刺溜，连呼带喘的手忙脚乱。

那位乡镇书记将他的西装脱下来，要让我顶在头上遮雨，我谢谢他的好意，且说不用顶，顶在头上我还得两手捏着，更没法爬了。那会儿全凭手拽着一根树枝或是一兜草，选择好某一个角度，然后一步步往上蹬，跟攀岩好有一比。只听身旁不时有人气喘吁吁地问："快到了吗？"

还是那位当地的小伙，说："快到了，快到了。"

这样的问话总在进行，但真的一直没有到。后来就没有人再问了，知道问也是白问。因为抬头拼命往上看去，只见云雾缭绕，根本不知路在何方？我想，还是耐心往上爬吧，此刻只有这才是硬道理。

不知爬了多久，两个小时，还是三个小时？

就在人们心无旁骛地爬山，再也不想到与不到之时，突然一条小道出现在头顶上方。使劲几步登上去，眼前的情景让人大喜过望，大山依然高耸入云，但厚道地显出一个缓坡，顺着山势是一道道灌满了水的梯田，在雨点的敲打下，闪着妩媚的波光。

那条弯曲的小道通往一间小小的土房，就在梯田的田埂上，土墙茅草顶，像一个小吊脚楼，楼下拴着一头黄牛，甩着尾巴正在嚼草，一个干瘦的中年男人从楼上的小门里走出来，很惊讶地看着我们，疑惑怎么一下子这么多人，从他家田埂下冒了出来。

当地的小伙上前跟他搭话，男人很快将我们让进屋里。小小的一间屋子，四周堆放着农具和种子，中间烧了一个火盆，男人见我们一个个身上都湿淋淋的，赶紧又朝火盆里放了几捧干玉米芯子，红红的火苗一下子让这小屋里温暖可人。大家坐的坐，站的站，围着火吸吸溜溜地搓手跺脚，虽然又冷又饿，还是忍不住好奇，问主人什么会把房子建在这里，三面都是稻田。

男人有些拘谨，在人们七嘴八舌的问话中，说："这是田房。"原来澜沧江畔地势险要，从家里到田里往返也是很费劲的事，因此大多人家都会在自家田头建一座小小的房子，农闲时备好种子肥料，农忙时可以在此歇宿，这样可以省去很多功夫。眼下快要插秧了，要把水田整治好，男人和牛已经在田房里好些天了。他一家四口，妻子在家里看着，两个儿子在上学，一个初中，一个高中，他说他们夫妻再怎么辛苦，两个儿子的学是要供下去的，他这辈子吃了没有文化的亏，挣不出钱来，不能让儿子也这样。我们都赞同他的话，说是啊是啊，一定要让孩子上学。

男人受了鼓励，脸上有些不好意思，他左看右看，想找出些什么吃食来："看看，我这里什么都没有。要不，我来给你们煮饭吃。"他眼睛朝向放在墙角的一个蛇皮口袋，那是半袋子大米。

虽然很饿，但显然一时半会儿大米也熟不了，大家都客气地表示不必了。有人问："有鸡蛋吗？"男人歉疚地摇头。靠门的墙上挂着一件蓑衣，有人眼尖，发现那里居然还挂着一串小芭蕉，小得跟人的手指头差不多粗细，看上去挂的时间不短，青皮沤出了土黄色，发着蔫，那人就问："老板，那芭蕉能吃吗？"

男人被叫了一声老板，有些吃惊，急忙回答："能吃能吃，只是不大好，准备喂牛的。"说着取了芭蕉递给那人。那人撕扯着分给大家，一听男人说是喂牛的，都扑哧扑哧笑，仍说："真甜，牛能吃我们也能吃。"

雨一直未停，不紧不慢地下着，对即将开始插秧农忙的男人和牛来说，正是养精蓄锐的好时候，不速之客的到来，让这小小的田房平添了许多热闹，他和牛都很高兴。牛一直在楼下哞哞叫着，似乎也想参与楼上的说话。

再上路时，雨小了些，沿着拱起的田埂走到尽头，却又没有路了，只好循着雨水冲过的小溪往上爬。溪沟里裸露出一块块黄石头，人称黄龙玉，说这几年在市场上火了，因为翡翠的矿脉越来越少，过去不以为是玉的黄石头也被人当成了宝贝，并取了这个好听的名字。

这时，山顶上隐隐现出几幢白色的建筑，当地小伙说："快到了，你们看就在那里。"但俗话说"看到的屋，走得哭"，看似很近，却是顺着山势又是几上几下，但这回倒是有了正经路，走着走着，水声渐渐响起来,原来到了蒸塘河上的小高桥。那桥已有一百多年的历史,又名永盛桥,桥头立有石碑,刻着修桥的时间和捐款人的姓名。桥的两端悬崖峭壁,古藤交错,河水从石壁间喷涌而过,响声如雷。

过了这桥,又经过苏家澡堂,说是澡堂,实际上只是一处荒无人烟、藤萝缠绕的温泉,泉眼中心雾气蒸腾,周围不时响起鸟儿的鸣叫,和着泉水的流淌和雨打树叶的声音,像是一曲交响乐;白雾在泉边飘动,与泉心的热气交织在一起,这山间恍如仙境。曾经的苏家澡堂是十分喧哗的所在,是云南茶马古道上特别让人留恋的驿站,来往的马帮结队而来,赶马的汉子到了此地便长吐一口气,取下汗巾跳进热乎乎的泉水,骨架子都松了,那一路的疲乏自然随水而去。

如今人烟稀少,只有石缝里的泉水在日夜流淌。

我们一路同行的队伍也都走散了,走在前面的人不时留下指路的标记,或是用树枝摆放出前行的方向,或是直接在沙地上划出箭头,最令人遐想的是在一棵树上绑了一根红布条,迎风招展。这给此行增添了更多的神秘和幽默,让人想起山间铃响马帮来,还有当年活跃于山林之间的游击队。

可尽管有人指路,又走了好一阵,还是未能走近那些白色的建筑,带路的那位当地小伙也有些心焦起来,大步流星地往前冲,一下子把我们带到了无路可走的稻田里,踮着脚尖走过好几条细得像筷子似的田埂,我们困在了一片泥沼之中。

也说不清饿过几回了,这时任何能吃的东西都成了稀罕物,刘年掌心里躺着几颗红艳艳的小果子,他递过来,说这能吃。他一路在山上的荆棘丛中采摘着什么,到了这时有点像个富翁。

终于,几位当地主人接了电话赶来,迅速将我们带出了稻田,其实一转弯,就是一条大道,顺着很快就上到了山顶的潦水镇,那一片白色建筑是一幢幢白墙红瓦的民居，它们在雨后的阳光下，朝我们微笑。

回首看那爬过的山下，半截在云里，半截像一幅画，山坡上星星点点的田房，就像一颗颗小蘑菇。大概在入雨的时节，田房的主人们都乐得不归家去，一缕缕炊烟从那些房顶上升起，又飘散开，山野沉浸在一片安宁之中。

这个昌宁。

爬了这山，才知道昌宁人的实在，他们想让远方来的客人领略原生态的山水，如果只是在平稳的澜沧江上乘船而过，怎会懂得屹立江边的那些高山，它们的性情，它们的峥嵘、峭拔，它们繁育的人及万千生物。

站在漭水镇的街口，看见一块乡镇立的牌子，为的是表彰各村的种植能手，上面排列着一串串村民的姓名，有一些十分少见的姓氏，如姓辉，姓普等，我很想弄明白这些姓氏的来源。

后来得知，云南民族多样，千百年生活在此的汉族与多个其他民族在同一片蓝天下，他们有的是历朝历代戍边的将士后人，有的是经历了漫长的迁徙之后定居于此的少数民族，每一个姓氏都可以追寻到久远的历史，甚至可以说每个姓氏的源流都称得上是一部民族发展史。

辉姓渊源深厚，有几种来源：一说源于姜姓，出自古代东夷族首领少昊之后伯益之裔孙许辉，属于以先祖名字为氏。伯益可是名留《史记》、虞夏之际的一位重要历史人物。舜时，伯益与大禹同朝为官，因善于狩猎与畜牧，被推为九官之一的虞官，负责治理山泽，管理草木鸟兽。伯益懂得鸟兽的习性和语言，被舜赐姓嬴氏，并赐给其封土。大禹继承舜的王位之后，伯益又辅佐大禹治理水土、开垦荒地、种植水稻、凿挖水井。伯益还将跟随大禹治水时所经历的地理山川、草木鸟兽、奇风异俗、逸闻趣事记录下来，成为之后《山海经》的素材。

许辉的庶支子孙中，有以先祖名字为姓氏者，称辉氏、许氏，世代相传至今。

另说第二个渊源，也是源于姜姓，出自西戎族炎辉氏，属于以部落名称汉化为氏。西周初期的西戎，传说是炎帝的后裔，姜姓。先秦时期居于中国西部，夏朝时其称昆仑、析支、渠搜，商朝时期称昆夷、氏羌，周朝时称众戎、氏羌，主要分布在今甘肃、青海及附近西南一带地区。春秋战国以后，西戎民族分别向西南方向迁徙，演变成为今日中国西北和西南部少数民族。其中有炎辉氏部族迁入今云南保山地区，成为彝族先民之一，有以炎辉为姓氏者，后省文简化为辉氏、炎氏，相传至今。

同时还有源于回族，出自古代西域大食回辉氏的说法，以及源于满族，出自古代女真族辉发部，属于以部落称谓汉化为氏的说法，如今东北、河北、北京等地还有很多满族为辉氏。总之可以看出，辉氏是一个多民族、多源流的古老姓氏群体。

在漭水的普姓人数不多，但来源也有不同说法，一说是源于鲜卑族，出自古代鲜卑族拓跋氏，属于以先祖名字汉化为氏；另一说是源于彝族普除普氏族，后取其首音的谐音"普"为汉字单姓，据史籍《史记·西南夷列传》的记载，先秦至两汉时期，彝族被称作"巂""昆明"，"随畜迁徙，毋常处，毋君长"，自两汉以后，内地汉人因各种原因陆续迁入云南，与当地的土著彝族先民来往密切，世代繁衍，形成了后来的彝族同胞。

在这个山高水远的漭水镇上，那一串名单竟连接起了古今多少事。我不是历史学家，但在我的理解中，民族与民族之间，就是你中有我，我中有你，古来如此。漭水的这两个罕见的姓氏，让我再一次加深了这种理解。

澜沧江边的这一天，让人难忘。

丽江故人

大研古镇是丽江的灵魂，也是中国罕见的保存相当完好的少数民族古镇，是中国仅有的以整座古城申报世界文化遗产获得成功的两座古县城之一，另一座为山西平遥古城。丽江古城的纳西古乐、东巴仪式、占卜文化、古镇酒吧以及纳西族火把节等闻名于世界。

纳西女子喜穿"披星戴月"，上身着长过膝盖的右衽大襟衣，宽腰大袖，外套紫色坎肩，腰系深色多褶围裙，阔腿长裤，船形绣花鞋；背披羊皮去毛的披肩，上缀有七个皮质小圆牌和两个大圆牌，圆牌象征星月，也代表纳西族的青蛙图腾，披肩两角钉上两条白布带，劳作时将披肩的布带拉到胸前十字交叉系紧，看上去犹如七颗闪亮的星星围着一轮明月。

很久以前，说是湖畔的大山上本来是青山绿水，但有一年来了一个凶狠的旱魔，放出了八个太阳，天上九个太阳轮番烤灼大地，人间没有了黑夜，大地处处焦黄，树木和花草全都枯萎了。有个叫英姑的纳西少女，用鸟的羽毛编织成了一件五光十色的"顶阳衫"，披在背上奔向东方的大海，恰巧遇上龙王三太子。三太子爱上了这个勇敢的姑娘，陪她回家乡驱除旱魔，可一番搏斗之后，旱魔设计将三太子陷入深潭，让大象和狮子把守潭口。英姑与旱魔又连着搏斗了九天，终因气衰力竭，倒在了地上。三太子拼命冲出深潭，可英姑已经倒下化作了"英姑墩"，悲伤不已的三太子随即化作泉水，纵横丽江坝子，始终环抱着自己的爱人。后来，纳西人的保护神三朵变作一条雪龙，一连吞下了七个太阳，留下一个太阳，还有一个变成了月亮。

大地终于重新有了生机，纳西人依照英姑的顶阳衫做成了披肩，绣上了"披星戴月"，心念这位姑娘。但更多的女子穿着它或许还有着另外的原因，古时纳西男子多外出经商，女人们起早贪黑，吃苦耐劳，把星星月亮绣在披肩上，意味着"星星月亮永长生，白天黑夜干活忙"。

纳西女人有着公认的勤劳。

而那三太子化作的泉水成了丽江最引人入胜的天然景观。在人们看来，那水自雪山流下，冰凉洁净，清清的，顺着石渠绕来绕去，在丽江的古城、城郊的束河古镇，还有白沙，都可见到这样清澈晶亮的泉水。还可见到在水里游动着的一群群鱼儿，青鱼、红鱼、五彩的鱼儿，一定是因为那水的秀丽，鱼儿也因此格外俊美，苗条地扭动着身子，并不胆怯人的走近。

水的灵动使得丽江处处流溢着灵性，穿着"披星戴月"背褂的纳西姑娘，在水一方，皮肤黑黑的脸上笑出两弯酒窝；清脆嘹亮的歌声在人头攒动的小街上此起彼伏，听得人不喝酒也醉了。

歌声年年，但人来人往，有的人走着走着消失在远方，只留下念想。

热爱丽江的人，有的来自遥远的地方，有的就在自己的家乡。有一位出生于丽江白沙的作家沙蠡，本姓和，为了表达对家乡的爱，特意将笔名取了白沙的"沙"字。还有几位热爱家乡文化的纳西人声名远扬，与沙蠡共同被称为"丽江四怪"或"纳西四杰"：即传播古乐的宣科，雪山名医和士秀，作家王丕震，几位的经历都颇为传奇。

沙蠡是丽江的名人，当年如果走在街头，会不停地有人叫他：沙老师！沙主席！沙大哥！然后沙蠡会微笑着站住脚，跟他们大声地聊上一阵。从街头到街尾，没有半天工夫是走不出去的。他即使不说纳西话，而说普通话，口音也很难让人听懂，我稍稍领会一点，跟他在几次笔会上相遇，有时他跟别人交流，还少不了要帮他翻译几句。可如果他情绪激昂，口若悬河起来，我也就都听不明白了。而沙蠡是喜欢激动的，虽然身为作家，还是丽江市文联的头儿，却一点也没学会掩饰自己，他就是一个率真的纳西人。

沙蠡年少时在家里当放牛娃，居然爱上了写小说，大起胆子给报社投稿，1981年便开始在《边疆文艺》《民族文学》等杂志发表小说，得到过著名作家冯牧、刘绍棠等人的关注。他是一个勤奋的写作者，出版过好多种书，有小说集、长诗，还有东巴经文学研究。他笔下的人物和故事都来自雪山和古城，来自纳西民族，有人评论说，沙蠡的作品就像纳西文化的"百科全书"。

他的血液里游动着丽江的魂，只要一谈到家乡和写作，他就忍不住两眼放光，脸上的神情也变得温柔起来。他的同事说他除了白天在文联上班，处理一些公干，其他业余时间大都用于了写作，每天只睡三四个小时。他有一位贤妻，包揽了全部家务。

有一年去到丽江，沙蠡到机场来接我们一行，一见面，大家都为他的打扮而吃了一惊。他全身上下亮闪闪的，白夹克白长裤，胸前袒露出火红的T恤，颜色鲜亮得像一个就要上台的演艺明星。有人忍不住跟他调侃，他只是得意地笑，也不在意。走出机场之后，他居然又撑开一把小伞，遮挡在头上，惹得一路行人都朝他打量。沙蠡在伞下说：全丽江也就是我一个男人在太阳底下打伞。他说他怕晒，一晒就脸上发痒，一早起来就得往脸上涂好几层。当医生的老婆脸上也没他抹得多。

沙蠡说话办事都不看人家脸色。

纳西人有句话:"弓箭可以把山上的麂子逼出来,烈酒可以把人心里的话逼出来。"而沙蠡的心里话是不用烈酒来逼的,他只要一有什么想法,立刻就会慷慨激昂。

那次,我们这些外来的和本地作家一起座谈,大家都很客气,可轮到沙蠡发言,没说几句语气就尖锐起来,从质疑为什么丽江没有一首标志性的歌曲开始,说他曾经多次说过,歌词不能太复杂,旋律要有纳西民歌特色,可人们就是不信,偏要把歌写得跟广告一样。他双手连比带画,情绪激动,人们都听明白了,纷纷点头,在场的几位相关官员面带尴尬,沙蠡却仍不肯罢休,滔滔不绝,直到有人几次提醒会议超时已久,他才收住话头。

对于丽江那些年迅猛的变化与随之的繁华,沙蠡内心深含隐忧。他说,有一天我老婆上街回来,说好害怕好害怕。他问老婆怕什么?老婆说见不到一个熟人呢。满街上走着那么多的人,可一个也不认识。

当然,哪怕路途遥远,丽江已成为中国最热闹的旅游点之一,吸引人的雪山、泉水、四方街、木王府、东巴宫、纳西古乐、白沙壁画,数不胜数,招引得天下人奔赴而来,古城里人流如潮,黄皮肤白皮肤黑皮肤,千奇百怪的人和打扮,让人眼花缭乱。

沙蠡复述着老婆的话,一边抱紧肩膀说,有时候,我们都像是不知道自己在什么地方呢。相比之下,他更爱念叨他的家乡白沙镇,说那里还保持着原生态,那次就拉了我们一道去看。

路上经过昔日陈纳德将军飞起飞落的机场,一侧荒凉,小草浅浅的像小孩子营养不良的黄头发;而另一侧靠着玉龙雪山,却是一层层青绿铺染,像是给雪山系上了一条绿绸裙。沙蠡坐在车上一路感慨,说他小时候,这一带的树遮天蔽日,梨树上挂满了果,他和伙伴们怎么也打不完。可如今沿途只有些荆条,矮的齐腰,高的也只能越过人的头顶。沙蠡说,那些高大的树都哪儿去了呢?我怀疑是不是因为在小时候的目光里,把树给变大了?

是啊,到底是人变大了,还是树变小了?

我们随他来到白沙镇,这小镇不及束河古镇大,也没那么热闹,束河街上有好多酒吧,有些还是外国人开的,墙上画着吹萨克斯的大胡子洋人,挤眉弄眼地朝人笑。白沙镇看上去朴素很多,正是早饭之后的时光,一些男人散淡地围在小街旁的一角下棋、闲坐,阳光投照在他们身上,邻近染坊的蜡染布淡红、淡绿,在轻轻飘动。沙蠡指着那位正举着一颗棋子的白发老头,说是他的舅舅,而紧靠的房屋就是他亲弟弟家。

一个不小的院子,沙蠡的弟弟看上去是在做"农家乐",院子内外装饰得风味十足。三间木板房,板壁上挂着一串串红辣椒、黄玉米和大蒜,五颜六色的,院子里摆放着石磨、簸箕,还立着两幅一人多高、色彩艳丽的东巴彩画,一幅在当院,一幅在正屋窗下。

沙蠡说他就出生在这个院子里,一侧土墙上至今还留有他父母用黑炭写下的字迹:"某家借腊肉8斤"。弟弟跟他一样,也在外面当过兵见过世面,会吹拉弹唱,多才多艺。不时,有过路的外国人走进院子,好奇地东张西望,沙蠡的弟弟一家会招呼人坐下,喝茶聊天,有时还会听沙蠡弟弟唱歌。一位曾经来过的法国人在一个黄皮的小本上留下了几行诗:

非常好的小院,
非常好的食物,
非常好的主人,
非常好的歌声……

还应该加一句，非常好的心情。看得出来，那位法国先生当时一定是在这小院里乐不可支。白沙这个地方，从前就没少来外国人，那位让全世界都知道香巴拉的约瑟夫·洛克就曾经扎营在玉龙雪山脚下，然后多次来白沙镇上逗留，买些盐巴和食品，也跟人聊天。

美籍奥地利人约瑟夫·洛克，曾于20世纪初以美国《国家地理》杂志、美国农业部、哈佛大学植物研究所的探险家、撰稿人、摄影家的身份到云南滇缅边境以及西藏考察，后来因他多年研究撰写的成果，被人们称为"纳西学之父"。他曾六次来到中国，第一次是在1922年，他由曼谷到丽江，进入四川西南角木里，途经纳西、彝、藏地区，用了两年时间在雪山、森林里转悠，回国时带走了八万件植物标本以及文物文献。很快他又第二次来到中国，于1924—1932年间，行走在川、甘、滇以及青海等地区，三次去往岷山和阿尼玛卿山之间的山谷、河谷地带拍摄资源照片，测绘地形地图，搜集实物标本以及文物资料。

之后，他集中精力对纳西族东巴仪式、经文、历史、语言和文献资料进行了研究。1945年哈佛大学以重金买下了他收藏的一些东巴经书，后来他为筹资出版自己编撰的《纳西语英语百科辞典》（*A Na-khi English Encyclopedic Dictionary*），将两千多卷东巴经书卖给了意大利罗马东方学研究所。这些东巴经书后来又由联邦德国总理康拉德·阿登纳指令西柏林国立图书馆以高价悉数购入，让洛克欣慰的是，他被聘请编纂了经书的目录，共五卷。他的后半生几乎全部围绕着对云南丽江和纳西文化的考察研究，他的大量著述前期多为植物学、探险记述，后期则多为纳西历史文化和宗教等论著，其中《中国西南古纳西王国》（*The Ancient Na-khi Kingdom of South-West China*，1947），《纳西语英语百科辞典》为纳西族象形文字的权威之作。与此同时，他还给美国《国家地理》杂志写下了许多文章，拍摄了近千张照片。正是他的这些文字,激发了作家詹姆斯·希尔顿的创作灵感,因此创作了著名小说《消失的地平线》,向全世界揭开了香格里拉的美丽面纱。

洛克在中国停留的 27 年间,共收集了大约 8000 册东巴经书,这些经书除他卖出的那一部分,其他许多分别收藏在欧美的各大图书馆。20 世纪 50 年代,洛克在夏威夷病重住院,在生命的最后时期,他对丽江仍心向往之,在给友人的信中写道:"如果一切顺利的话,我会重返丽江完成我的工作。我宁愿死在那风景优美的山上,也不愿孤独地待在四面白壁的病房里,等待上帝的召唤。"

他的重返丽江之行未能实现,但或许这位探险家的灵魂早已抵达。

为了纪念洛克不畏艰辛的长途探险,人们以其远征者的形象创立了户外防水包品牌 LONGHIKER。在美丽的夏威夷大学,植物标本馆被命名为洛克馆。洛克将丽江以及那片土地上生长的灵性之物带到了地球的另一端,它们在那里守望着远方的故乡。

丽江四方街上的古乐宫门前,每到夜间水泄不通,人们争先恐后地挤进宫门,去抢得一个好座位,然后听穿着长衫的宣科介绍纳西古乐。他戴着眼镜,毫不含糊地声明:"我不是一般的人,我是才子。"才子经受过很多磨难,但幽默感顽强保留,还会一口流利的英语。

乐班每演奏完一曲,宣科就会出来讲解一番,一会儿汉语,一会儿英语,谈古论今,插科打诨,逗引得观众席上笑声不断。乐班的演奏者大多为老人,有的已年逾八旬,当然也有一些年轻人跟着学徒。古老的纳西音乐据说来自唐朝,在漫长的岁月中奇迹般地保留下来,几经沉沦,终于幸逢盛世,在一个个白发老人的演奏中焕发青春,在人们会心的微笑中长久回荡。

那年,我也在古乐宫聆听了一回,散场时,丽江的朋友带着些神秘地拉着我往后台走去,那里的人跟先前进门时一样,挤挤攘攘的,只见一些人挤进去，又面色兴奋地挤出来，原来是争着去跟宣科合影。那位朋友跟宣科相熟，站在人圈外跟他招了招手，宣科理会，伸开两臂，人们随即让出一条道，他一手撩着长衫，缓步走了出来。那架势，比后来的明星要更有范儿，朋友让我跟他合影，宣科也不多言语，自站在那里，我心里明白他这是给了朋友一个很大的面子，于是忙站过去，听从朋友的招呼，跟这位当时正在鼎盛时期的才子照了一张合影。

宣科的故事很多，自在坊间流传。

那名医和士秀也是一位奇人，他的出名是在不经意间。他本来只是在玉龙雪山下开一个小小的诊所，随着旅游热，一些喜欢丽江的外地人，包括一些老外徒步或骑单车来到此地，偶发疾病，顺脚就进了这家小诊所，不料吃上一剂和士秀配制的雪山草药，病情竟然大多得以缓解。更让老外惊奇的还有，这位貌不惊人的七十多岁乡村老医生竟然也会一口标准的英语，跟他交流毫不费力。

岂知和士秀老人早年毕业于南京外语专科学校，还曾陪同过洛克，跟随那位采集标本的植物学家走遍玉龙雪山方圆几百里，对植物以及中草药的生长和习性不由也渐渐有了兴趣。后来他自研中医药，与儿子办起了"玉龙雪山本草诊所"，治好了不少前来求医的病人，尤其那些突发其病的游客，意料之外地得以痊愈，不禁纷纷加以好评。和士秀骄傲地说，这些年里，有一百多个国家和地区的近十万患者踏进过他的诊所，"雪山神医""纳西仁者"的说法也不胫而走。

"纳西四杰"，还有一位让文坛称奇的高产作家王丕震，一生创作了100多部长篇小说，他几乎每年要写近十部，有人说，读得还没有他写得快。

那年丽江人要在北京给王丕震开作品研讨会，把他的作品事先送给每一位参会者，我收到了整整两大箱，说这还只是他作品的一小部分。

其实，王丕震1985年才开始发表作品，那会儿他都50多岁了。他在简陋的鸡舍里写出了长篇历史小说《则天女皇》，然后将书稿寄给了一家出版社，人家看过稿子后认为不错，但请他作一些修改。他改好后再寄去，不料却不知怎么给寄丢了。书稿遗失，那会儿完全都是手稿，一字字亲笔所写，几十万字就这样没了，换作别人可能会沮丧至极，但王丕震二话不说又开始重写。26万字的《则天女皇》就这样几经波折，在这位纳西人的执着之下终于出版，颇得人气。

从此他一发不可收，之后的十几年里，他一共创作了100多部长篇历史小说，从唐尧虞舜到近现代秋瑾、蔡锷等百余位重大历史人物，几乎写了个遍，包括《周文与周武》《苏秦与张仪》《拓跋珪与刘裕》《李世民》《辛弃疾》《陈圆圆》《松赞干布》《杜文秀》等，让人叹为观止。

别说写，就是抄，一年抄十多部长篇，几百万字要抄下来也是了不得的事，更何况还要创作？不少人甚至怀疑其真假，但也不少人拿出证据确实就是出自王丕震笔下。无论文学性如何，就其数量来说，确也可称为奇才。

"纳西四杰"给这古城添上了文化的底蕴，他们都是普通人，但却都以不同的人生描画出了不平凡的故事。十多年前，沙蠡就在人来人往的丽江古城里建了一间书屋，冯骥才先生为他题写的"沙蠡书屋"牌匾悬挂于书屋门楣之上，书屋里摆放着沙蠡几十种诗歌、小说和散文，他还向全国一些作家朋友索要作品，也都摆放在这书屋里，琳琅满目，吸引着四方游客。

沙蠡那时说，别小看这间书屋，我要让世界知道丽江，让丽江走向世界。可是，他说完这话没几年，却因为一场大病离开了人世。得知他生病非常突然，因为大家都觉得这位纳西汉子身强力壮，以为即便生病也会扛得过去，但不料没过多久他就走了。

因此总让人觉得，沙蠡并没有离开丽江，正如他活着时，丽江的魂游动在他的血液里，如今他虽然已经离去，但他的魂魄融入了丽江的文脉，他写下的那些诗文在古城的书屋里仍散发着墨香，他已然成为古城的一部分。

古城与纳西四杰的生命同在。

当年，游遍天下的古代文人徐霞客也曾到过丽江，在木王府前感慨道："宫宝之麓，拟于王者。"

无数故人往事，汇入潺潺流水，从不停息。

四方街的白天和夜晚

一个春风和煦的日子,我在丽江四方街采访了一对夫妻,他们在此地卖杭州小笼包,已经好多年。人来人往的古城街上,他们做的薄皮小包子很受欢迎,每天不到中午就卖完了。

四方街过去是茶马古道的枢纽站,眼下也是丽江古城的中心,所有的游客到了丽江,不可不到此一游。街以五彩石铺地,平坦洁净,晴不扬尘,雨不积水。围绕中心广场,6条五彩花石街依山势延伸开来,街巷相连,四通八达。相传始建于宋末元初,因丽江世袭知府姓木,忌讳筑上城墙后变作"困"字,故不修城墙。另有传说是丽江木氏土司根据皇帝的印玺形状设计而修建,"三坊一照壁,四合五天井,走马转角楼",结构精巧,雕绘装饰外拙内秀,在中外建筑界享有声誉,被称为"民居博物馆"。

街上的五色石板经数百年走磨,石纹毕露,光滑如镜。居民院落依山傍水,大衢小道绕山而行。一道玉泉水流至城头双石桥下,分作三道小河伸向东南,又形成无数小溪,穿越大街小巷,回旋千家万户,玲珑的小石桥到处可见，不是江南胜似江南。茶马古道上南来北往的商人最喜爱四方街上的集市，生意好的店铺沿街一年年逐层外延，稠密而又开放。这地方四周青山屹立，坝子上一片碧野，泉水萦回，形同碧玉大砚，因此又被人称作"大研古城"。

如今的古城里更是店铺林立，白天游客们可以一边逛街，一边挨家品尝各色小吃，到了夜晚，一家家酒吧灯火辉煌，歌舞之声此伏彼起。我很想知道生活在丽江的人是怎样一些情形，包括那些外地来此的人。

这对十多年前从温州来到四方街上卖小笼包的夫妻，成为我造访的第一个对象。

临街的小门店里，只有两张小木桌，墙角堆放着成袋的面粉，一个小小的灶台就支在门口，笼屉里已经空空的了，只有包子的油香还在空气中飘浮。

"生意好做吧？"其实从这对夫妻愉悦的神情就能知道答案，但我还是问了一句。

"好做的。好做的。"夫唱妇随，俩人前后答道。

我又问："既然好做，你们没想着把生意做大一些吗？"

夫妻俩摇头："太累了。挣那么多钱没用的。吃吃花花够用就行了。"

这对夫妻多年前来自浙江温州，最早是因女儿女婿闯荡到丽江，他们随后来帮女儿看孩子，后来就做起了小笼包。十多年过去，他们在这西南高原的古城里成了半个主人，古城的街坊们都吃惯了他们的小包子，他们俨然已是古街不可或缺的一处风景。

温州人的勤劳天下闻名，随便到一个什么地方都能找到生计，丽江城里做杭州小笼包的小店有很多都是温州人开的，他们之间不是亲戚就是朋友，互相介绍着先后来此，在这里已经如鱼得水，杭州小笼包俨然成了一道行业。他们和当地的丽江人打成一片，交上了朋友。

大小事都会有当地朋友帮忙照应着。

陪我前去四方街的一位丽江朋友说，他近些年的早餐大多都吃这小笼包子，简单，味道好，在他家小区门口就也有一家，他和妻子每天从家里出来顺脚就买了，很方便。

但卖小笼包子的夫妻说："做做，终归是要回去的。"他们在浙江老家的村子里已修了漂亮的小楼，很宽敞，这里嘛，只是做做生意。夫妻俩坐在小板凳上，难得地歇上一会儿，男人说着，脸上浮现出一丝微笑，显然，老家的房子让他们很踏实。

丽江朋友笑着说："别走，你们要走了，我早餐吃啥？"

温州人认真，男人急忙解释："总归要走的啦，这里也没个家，租的房子，哪能住一辈子？"

我问能不能去他们租的房子看看？夫妻俩都走不开，包子卖完了，下午还得备第二天的料，要去买肉和葱，一些小料，再晚些时要剁馅和面，这样半夜起来包，才来得及。我说："那你们忙，我自己去看。"

夫妻俩点头，但又说："没什么好看的啦。"

在我的坚持下，他们还是告诉了门牌号码。

于是，我循着来到丽江城郊的一条背街上，再往远一些就是青青的田园了，跟前一幢三层楼，看上去是当地村民的房子，住了一些外地人，院子的大铁门上仍贴着一张写着一个手机号的小纸片："有房子出租，联系人某某某"。

卖包子的夫妻住的是一间10多平方米的单间，租金很便宜，每月只要200块钱。从走廊的玻璃窗户看进去，房间里一片杂乱，床上的被子胡乱堆作一团，一条横穿房间的绳子上搭满了长长短短的衣服，还有黑白难分的毛巾，唯一的一张椅子上放了个洗脸盆，半盆脏水尚未倒去。

看来，这里要比他们的小店乱得多，包子夫妻的确只是临时将就着。

跟中国很多城市一样，流动人口在城市人口中的比例几乎要占到一半以上，远在云南高原的丽江古城也不例外，生活在这里的不再都是纳西人和普米人，更多来自天南海北，他们在此忙碌着，干着各种营生，像候鸟也像蜜蜂。丽江的老住户都习惯了他们的存在。

如果不开口说话，浙江温州来的这对夫妻已经看不出与当地人有什么区别，他们的做派已经与古城融为一色，甚至脸上的皮肤也变得黑黑的，高原的阳光格外慷慨。被称为横断山脉第一城的丽江，印度洋的暖湿气流在喜马拉雅和冈底斯山脉那里受到阻隔，而自然通往南北走向的横断山脉，非常奇妙地形成了高低起伏的地貌，也给这片土地带来了类型复杂的气候，有温湿的雾，也有强烈的阳光。

横断山脉的险峻及过去的交通不便，使得这里的许多地方文化较少受到外来冲击，不同地域的自然景观也得以较为完整的保存，附近的玉龙雪山因至今未被人类登顶而驰名。这雪山看起来近在咫尺，在丽江城里任何一个地方都能清晰地眺望到它的勃勃英姿。坐在包子店门前，也可以看到俊俏的玉龙雪山，我问包子夫妻，去过雪山没有。

夫妻俩摇头："没有时间的啦。"

"等以后要走的时候，我们会去看一看的。"男人补充说道，女人在一旁点头。这是个贤惠的南方女人，手上一直没闲，我们说话时，她即便坐在那里，也抓来一把葱剥着，撕下一片片老黄的叶子，将剥好的水灵灵的葱码放齐整，青白分明。夫妻俩都是勤劳的人，但却连自己的住地都没有时间归置，每天半夜就要爬起来赶到小店里，一待就是一整天，再等夜里回到住处，身上累得像一摊泥，草草洗一把就上床睡了。

女人一边剥葱一边说："我很想回温州的。要不是女儿他们留在这里，我们早就回去了。"

女儿女婿都喜欢丽江，过去也做小笼包，但后来自己另外盘了一家小超市，经营温州义乌那边的小商品，生意蛮红火，用赚的钱买了丽江的房子。做父母的不愿跟他们住在一起，但又不想离得太远，日子就这样一天天过去了。

正说着，一个行人走进小店，问："还有包子吗？"

"没有呢，"女人答道，"没有呢。"

快到中午时分，小店门前的人流熙熙攘攘，四方街的中心小广场那边，有人吹起了葫芦丝，在婉转的"五彩云霞"乐声中，小店里男人和面，女人剥葱。

古来雪山脚下便是一片乐土。

丽江"一山有四季，十里不同天"，雨量充沛，阳光充足，日可耕作夜可歌舞，尤其是四方街的中心，一到了夜晚便会有一群群欢乐的"打跳"，素不相识的人们手拉着手，围着升起的篝火，大家笑逐颜开蹦跳起舞，一片欢腾。

那天夜里，我与和晓梅走过四方街，去见当地的作家和振华。经过"打跳"的人们时，我心里也痒痒的。或许是早年在文工团乐队拉过大提琴，只要一听到音乐，就会很容易受到感染，心想如果不是有约，我们不如也跟着他们跳起来。

在拉市海受伤之后，这又过了一年，来时还心有余悸，但踏上高原之后，并未感觉到曾经的难受，那些伤痛似乎已远去千年。所有难以经受的事情，看来都经不住时间的消磨。时间如一盘大筛子，几经筛选，留下的只是自己潜意识里希望记得的。

正逢周末之夜晚，街上的人跟赶集一样，密不透风。我们相约在一座小桥上，和晓梅踮起脚尖，从人群的头顶上看了一阵，叫道："来了来了。"果然，和振华随着人流甩着手大步走来，他黝黑的皮肤很打眼。几句寒暄之后，我们三人一同去到小河边一间小咖啡店。正是小河的拐角处，窄窄的木梯爬到二层，临河的窗前正好有一张小桌，未等坐下便立刻闻到沿街的花香。一人要了一小杯咖啡，我加了糖和奶，奶是新鲜的，有一点淡淡的腥味。

然后开始聊和振华的小说。

他跟沙蠡、和晓梅一样，出生于丽江，痴迷于写作，并以此来表达对家乡的一往情深。前几年的一个冬天，和振华来到北京鲁迅文学院学习，因白庚胜先生的介绍，他给我打来电话，说要让我看看他的书稿。后来他赶到现代文学馆来找我，那天我正在那里开一个会，散会后去食堂吃饭，这位朴实憨厚的纳西汉子出现在了面前。

就在文学馆的饭厅里，和振华就着餐桌上的方寸之地，捧出一本厚厚的书稿，神情就像一个老农捧着刚打下的麦子。后来得知，他是一个长年繁忙的公务员，却坚持了28年的业余写作，曾写过小说、诗歌，尤以散文见长，陆续出版过3部散文集，还获得过一些奖项。他拿来的那部名为《我的根在丽江》的新书稿，是他将要出版的第四部散文集，想请我写序。我颇有些为难，那时对他的创作未有了解，便建议他请白庚胜先生为序更为妥当，白庚胜为纳西人，对东巴文化的研究取得一系列成果，再加上与和振华相识多年，应当是最为了解他如何"根在丽江"的。

和振华却说，白书记已经写过了。原来白庚胜先前已为他另一部散文集作过序。他带来白先生写给我的一封短笺，信中介绍了和振华，叮嘱我为他的新作写序，言辞热情洋溢，一如白先生平日的豪情，让人推辞不得。

于是我将和振华沉甸甸的书稿捧回了家，好几个夜晚灯下细读，不禁被带入到变幻多姿的滇西风光，美妙又好生亲切。那穿山过峡的金沙江水，倔强执着地奔腾不息；晶莹剔透的玉龙雪山，神秘悠远又质朴真切；来来往往的纳西人，勤劳而又风趣，在京城喧嚣的夜晚，它们一一浮现在我的眼前。我将这些感受写到了给他的序里，他的文字朴实无华，没有华丽的辞藻，没有无病呻吟，无论写景还是写人，都如茫茫高原的景色浑然天成，有着原生态的土腥和鲜活。他所涉猎的题材颇为广泛，从家乡滇西丽江，延伸到云岭高原之外，有景色有人物风土，意境升华，情感真切，一边深挖丽江纳西文化的根，一边渗透着他个人对生活的参悟，显出一些独特的见解。

写丽江的作品很多。读了许多外地作家的描述之后，当地不少作家无奈地说："我们丽江成为世界的丽江后，被形形色色的写手都写滥了。"那些外地人笔下的丽江，他们看来不顺眼，说："我们的家乡不是这样的。"

那丽江究竟是怎样的呢？不仅是和振华，很多人都在琢磨深思，如何写自己的家乡？

和振华进行了一些大胆的探索，除了题材上有所创新外，在文体、技巧等诸多方面也不断尝试，他不拘一格，长短结合，亦文亦诗，让人读来自有他的味道。作为一个业余作家，支撑其不断写作的动力来自于生活和梦想，这两样和振华都不缺。他对文学之峰的攀登，犹如对雪山的仰望，看得见但一时还登不上去，这没有使他沮丧，更没有放弃，反而是从来都不曾中断努力。

我为他的真诚和执着所感动。生活是创作的源泉，年近知天命的和振华显然在生活中已经历过沉浮跌宕，见识过无数纳西人的精彩故事，如横断山脉的石头一样，坚定而又扎实。《我的根在丽江》这书名道出了他对家乡的热爱，也道出了他创作的源泉和根基。

有根的作家是幸福的。好比坐拥一块宝地，珍宝深藏，只看你识不识得。

写的序随之寄给了和振华，他说书稿已经交给了出版社，我问他修改得怎样？他说改是改了，但觉得还不够满意。

他两个胳膊肘撑在桌上，说起这些年的业余写作，一脸沉醉认真，又说到茅奖、鲁奖，不无遗憾地说："到目前为止，还没有纳西族作家获得过。"我安慰他说，获奖只是某一种肯定，但不是绝对的肯定，世界上很多好作家都没获过奖，在中国也是如此。

他只是摇头，仍然沉浸在自己的想法里。

"文无定数，世事无常，但只要努力就会有好的回报。"和晓梅说。

我看看和振华，接着和晓梅的话又补了一句："有个朋友说，文学也是马拉松，看谁跑得远。"

正聊着，窗下传来女孩子的歌声：

小阿哥，小阿哥，
有缘千里来相会。
河水湖水都是水，
冷水烧茶慢慢热。

情妹妹，情妹妹，
满山金菊你最美。
你是明月当空照，
我像星星紧相随。

阿哥，阿妹，
玛达米，玛达米……

随着歌声，聊到男女的心事。说别看丽江男人长得黑，粗犷的模样还很招人喜欢，曾经有一位丽江男作家去到一个东欧国家文学交流，没几天就被那里一位女诗人喜欢上了,虽然语言不通,交流靠连比带画,但一点不影响女诗人的如火如荼。后来她还追到中国来,人家一再告诉她,自己是结婚有家室的,女诗人也不在乎,说只想再看他一眼。

听到这段罗曼史,都不由感慨丽江男人魅力真大呀,要说并没有油头粉面的卖弄,反倒是朴实憨厚居多,但或许正是如此,在当今这个光怪陆离的世界上显得珍贵,受人待见。

四方街上,就这样来往着各种人:写诗的和卖包子的,本地人和当地人,男人和女人。

惠州西湖情

天底下，除了玉树临风、豪放多情的苏东坡，想不出还能有何人，将一座湖搬到了千里之外，只有这位从大江边吟诵遍千古风流人物，美了杭州西湖，又将一腔男儿志抛洒南越之地，如椽神笔再造了一个西湖。

想那杭州西湖，断桥烟雨造化了白娘子与许仙的一段情缘，水漫金山，情大于法，还是法大于情？雷峰塔下，可还有这妖精的妩媚？但红尘万千心情，却不抵苏东坡的一首小诗："水光潋滟晴方好，山色空蒙雨亦奇。欲把西湖比西子，淡妆浓抹总相宜。"

后人却说，苏东坡这诗是为他心爱的一个女子写的。

如果没有诗，哪有西湖？如果没有西湖美景，又哪有文人墨客的诗情画意？古今诗意融入了湖水，显然是诗情成就了西湖闻名天下，而苏东坡以他的诗与情又再造了一个西湖。那湖却是在广东惠州。

近几年因为一部长篇纪实的写作，恰好多次去到广东，每当从北京乘飞机抵达广州，便会觉得突然一下子就被厚厚的绿色给包围，树的颜色，山的颜色，还有水的颜色，都是绿的，或浅或深，真是养眼呵。这次去往惠州的路上，更是满目诱人的绿色，就像一幅幅水墨画，浓得抹不开的石青、靛蓝、碧绿、淡黄，交织在一起，让人心怀好奇地想，这如帷幕似的绿色之后，又会有如何的风光呢？

那一湖碧水，便是绿色之中的一番惊喜。

傍晚时分进得惠州城，车径直开到一片湖边，只见水天一色，波光闪动，湖对岸山峰屹立，一座宝塔在余晖映照之下，玲珑奇秀。刚想问这湖的名字，却见前面的楼舍赫然写着"西湖宾馆"，诧异之间问当地的朋友，这湖果然就叫西湖，竟与杭州的西湖同名。

当晚，便不由信步沿湖边走去，荷花已经开过了，夜色昏暗，看不清湖畔那些荷的模样，更看不清半藏在荷叶下的花朵，但闻得荷的清香，一阵阵随风而来，时而浓烈，时而若有若无，有这一缕清香相伴，似乎有了可以依赖的理由，不禁趁着夜色一路走去。

往前二三里，不觉出现一座小山，抬头望去，山上一座宝塔巍然而立，不知是否先前所见到的那座，稍近些，隐约见一座小亭半掩在松林之中。正在徘徊时，一对散步的夫妇从身旁经过，看样子正要往山上走去，便上前打听。那两位热情有加，道这塔名为大圣塔，山上还有一座栖禅寺，那亭叫"六如亭"，是苏东坡为他的爱妾所建。

没想到东坡在此留有墨迹，紧着一边说话，一边上得山去。月色清淡，但好在路灯的光亮足以看清，穿过幽香扑鼻的松林，来到六如亭前，只见亭柱上镌有一副楹联：不合时宜，惟有朝云能识我；独弹古调，每逢暮雨倍思卿。落款苏东坡。一条小径在月光下通往一座汉白玉的雕塑，一个古装的女子秀发长眉，神情凝重，端然朝着前方，似欲言又止，腰下的裙裙飘然随风，宛若仙子。

月光通古晓今，见证着女子的一生。她便是苏东坡称为"识我"的朝云，曾经伴随了苏东坡二十多年的钱塘女子。

到此时，才知道"欲把西湖比西子，淡妆浓抹总相宜"，果真是为这清丽的女子所作。想当初小荷才露尖尖角，小女子王朝云家境清寒，自幼沦落在歌舞班中，但天生如荷丽质，聪颖灵慧，能歌善舞，虽身落烟尘之中，却出污泥而不染，气质清新洁雅。宋神宗熙宁四年（1071），满腹才情的苏东坡被贬为杭州通判，世事变迁前景黯淡，已是看透人间冷暖，不料却碰到一派天然的朝云，才子佳人终成良缘。

有情才是真豪杰，苏东坡一生曾与三位女子情深意厚，先是与结发妻子王弗十分恩爱，王弗嫁到苏家时年方十六，美妙可人，善读诗书，苏东坡视为贤妻良友，可惜早早病去。苏东坡相思入骨，多年后有词为证："十年生死两茫茫，不思量，自难忘。千里孤坟，无处话凄凉。纵使相逢应不识，尘满面，鬓如霜。夜来幽梦忽还乡，小轩窗，正梳妆。相顾无言，唯有泪千行。料得年年肠断处，明月夜，短松冈。"才子多情千古绝唱，纵然是风云流转，人来人往，有谁推得小轩窗，将一腔绵绵如水的相思再续过往？第二位女子是王弗的堂妹，苏东坡与她相敬如宾，夫唱妇随，有人道得：嫁人要嫁苏东坡，只有东坡最懂得女子的柔情。可惜这第二位夫人也未能陪伴终老。

在杭州西湖遇得王朝云时，苏东坡已是一片衰意，几度凄凉，小女子的多才多艺，能吹弹能吟唱，又煮得一手好茶饭，更为难得的是善解人意，猜得中先生的满腹心事，苏东坡不能不大喜过望。他在杭州为官之时，恰逢江浙大旱之年，饥荒瘟疫流行，他一边上书朝廷恳求减免贡米，广开粮仓施粥济灾，调遣民间良医，为灾民诊治疫病；一边动员民众整修西湖，取湖中所积葑草、淤泥堆筑成堤，以沟通南北，广种菱角荷藕，遍植芙蓉杨柳，惠风和畅。或许是爱的涌动，东坡所为利民福祉，天意垂怜，自此以后凡春秋佳日，西湖堤上花开如锦，绿绦拂人，"苏公堤"美名代代相传。

杭州之后的岁月里，苏东坡颠沛沉浮，爱他的王朝云紧紧相随。

宋哲宗亲政年间，苏东坡被贬往当时为"南蛮之地"的惠州，这时他年近花甲，眼看大势已去，难再有起复之望，身边众多的侍儿姬妾都陆续散去，只有朝云始终如一，追随东坡长途跋涉，翻山越岭到了惠州。对此，东坡深有感叹，曾作一诗："不似杨枝别乐天，恰如通德伴伶玄；阿奴络秀不同老，天女维摩总解禅。经卷药炉新活计，舞衫歌扇旧因缘；丹成逐我三山去；不作巫山云雨仙。"此诗有序云："予家有数妾，四五年相继辞去，独朝云随予南迁，因读乐天集，戏作此赠之。"

乐天指的是白居易，当初白诗人年老体衰时，深受其宠的美妾樊素溜之大吉，白居易因而有诗句"春随樊子一时归"。诗人遥望春天无情，美人绝迹，真是满心惆怅与无奈啊。而与樊素同为舞伎出身的王朝云，性情却大相径庭，她与苏东坡患难与共，忠贞不二，成为千古美谈！

东坡在惠州与朝云相伴，眼前绿树蓝天，荔枝甘甜，一湖春水不似钱塘，胜似钱塘。虽然前人修堤筑坝，改造洼地为良田，兴农利渔，百姓收获颇丰，将这湖叫作丰湖，但苏东坡文思泉涌，眼前湖水恰似那钱塘江潮碧波荡漾，绍圣二年（1095）九月写出《江月五首》，大赞凉天佳月下的惠州湖水美景，"一更山吐月，玉塔卧微澜"传为名句，又在《赠昙秀》一诗中首次将丰湖称作了西湖。

既是爱这西湖，苏轼又再为惠州筑堤修桥，恰如在杭州，为了解决西湖两岸的往来，他提议在西村与西山之间筑堤建桥，带头"助施犀带"，还动员弟妇史氏捐出"黄金钱数千助施"，用"坚若铁石"的石盐木在堤上建起了西新桥。绍圣三年（1096）六月，堤桥落成，东坡写诗描述了营造过程，后人将这堤仍叫作苏公堤，简称苏堤，与那杭州西湖如影相随，古往今来，东坡留给我们多少财富啊。

这晚，我行走在惠州西湖边，不知不觉走出很远，路上行人渐渐稀少，但却并不担心回去的路，只要问起"西湖宾馆"，总会得到满意的答复，惠州人会一一热情指点，正是灯火阑珊处。

第二天早起，推窗便是西湖满塘荷花，夜间未能看得分明，此刻一片娇艳。原来惠州西湖古有八景之说：谓芳华秋艳、孤山苏迹、红棉春醉、花洲话雨、留丹点翠、苏堤玩月、西新避暑、玉塔微澜，依次看去，流连忘返。再次来到大圣塔下，六如亭前，正是阳光下，朝云雕像更添温情，她一生相伴东坡，生子操劳，虽然离去甚早，但"玉骨那愁瘴雾？冰姿自有仙风"，留在苏东坡与后人心里的恰是那不变的青春美艳。

更有那西湖，千年波光粼粼，风来潮动，讲述这千古佳话，人间多情，湖也多情。

莲由心生

夏日渐远，但莲香犹存，仿佛传递着某种声音和气息。悄然地开放，淡定地摇曳，从容地结果，莲的芳香不论季节，皆因莲由心生。

这个夏天，因为不时向往着观音山，而心中莲花盛开。一座山因观音而得名，是自然的启示，也是人的觉悟。观音山在东莞樟木头，方圆数十里，虽然与现代化的城市相邻，却是远离尘世，独有自在风景，近年来名声不断流传，吸引着周围的人，也吸引着远方的人。

在听说观音山之前，我也曾走进过东莞，最初满怀好奇，在人们的传说里，这个以加工业吸引了无数打工者的地方，年轻而又浮躁，但待我去到这座南方的城市之后，却颇感意外。只见街市上宽敞明亮，空气中散发着花香，小孩子们奔跑在绿树成荫的人行道上，老人相携而行。当然，行走的还是年轻人居多，他们的脸上写着朴实、稚气和憧憬，都说普通话，又都带着着各自不同的方言，虽然大多来自乡村山寨，但眼下衣着时尚简约，已然有了城市的种种味道。

在东莞所见的风景，有一道是这些年轻人上下班的情景，在通往厂房与车间的大道上，青春的人流波涛汹涌，一时间不由让人觉得，似乎所有认识和不认识的，那些乡村和城市的年轻人都涌到这里来了。看得人心里怦怦作跳：为蓬勃的青春活力，弹跳而起的双腿；为他们彼此间相视一笑，无数的甜蜜和忧伤瞬间闪过；为他们扶肩而行，正在追逐或将要实现的梦。

然而，更多的时候，东莞却显得安静。没有我想象中的机器轰鸣，倒是在一些街道旁的树丛中，偶尔可以听见鸟儿的啼叫，甚至还可以眼见小小的它从树枝上一翅飞将下来，低着头在草坪上觅食，可爱的小嘴东一下西一下，见了人也不惊慌，只是优雅地飞起来，不高不低地站在枝头，与打量它的人平静对视。

从东莞文化人常聚的处所可以看出广东这地方对文化古来有之的崇尚之风，过去好些年穷，一旦有了些能力，便将做文化的一些馆所建得标致起来，东莞文联就是一个精致的去处，前院有树，后院有竹，绿生生的，院内还有君子兰、蝴蝶花、阔大的芭蕉叶，来往的文人来自各行各业，其中不少为打工者，"打工文学"一说便是从此开始的。

后来知道东莞有一座观音山，未去之前，因为对东莞的印象，心中的观音山自然让人增添了向往。金秋时节，得以登山，果然见识到这山的秀美与灵性。

观音山之得名，相传此山为观世音菩萨初入中土时首处停留之地。山顶自唐代以来建有古寺，供奉大慈大悲观世音，并有幻化三十六法身之说，千年香火不断。观音菩萨在西方极乐世界里引度众生，在尘世中专司教化、救苦救难，早期形象为男性，但自西域传到中国之后，渐渐化为身披白衣手捧甘露的女性，深得中国人喜爱，凝聚了中国人的衷情期待与智慧想象。

因地域的不同，有水月观音、白衣观音、鱼篮观音、南海观音、观音老母的不同称谓；有手提鱼篮，或怀抱婴儿，或端坐莲台的不同形象；如妙善公主在河南、鱼篮观音在陕西、白衣观音在杭州、南海观音在普陀，从古至今代代流传，化为乡土经典，包括小说、戏剧、诗词、绘画，而所谓佛在心中，最美的观音其实就在人的心里。

观音山被人们称为南天圣地，百粤秘境，生长和繁衍着近千种野生植物和300余种野生动物，森林覆盖率达90%以上，近年来被列为国家森林公园，集生态观光、休闲度假和佛道文化于一体。开发者潜心追求人与自然的和谐，心灵家园的构建，已将诗词书画与观音山的自然树木相偕相生，与《人民文学》《诗刊》《书法报》等名刊联手多次举办文化活动，天下文人墨客竞相施展，佳作频频，十年间积淀已深，山则更高，林之更密，联合国环境规划署和国家有关部委多有褒奖，莲香浓郁。

观音山顶端立着净高三十三米、重达三千多吨的花岗岩观音圣像，背靠蓝天，俯瞰大地，周围环绕着慈云阁、藏经阁、三圣堂、祈福苑、感恩湖、古树博物馆……数年间，曾经的荒山重现灵气，如果有心，可以感受到向佛的宁静祥和的路径，感受到大自然的慈悲和愉悦。

人们常常叹息，在现代化带来目不暇接的物质享受的同时，却时时惶惑于精神的匮乏。传统文化与乡村不断消失，贪婪驱使着无知的追求，诱惑如一个个深藏的陷阱，吞噬着人们的良心，人生脚步匆匆，追赶时间、金钱和利益，却放弃了身边的幸福，以为平淡清贫，待到终了如一梦，方知过眼烟云。所谓人心不古，忠义不再英雄，善良不再美德，人与人之间最远的距离，不是你不在我身边，而是我们面对面，心却相隔很远，远到不可捉摸，不可探测的天边。

这或许不是某一个人的感受，而是当代人的无奈。太多的疲惫，太多的纠结烦恼，太多的紧张焦虑，身心交瘁，茫然无措，幸福在哪里，栖息之地在哪里？观音山，曾经的荒山，或许正是一些寻找心灵出路的人，执着地探求，才使它而今有了灵性。于是，在山的静谧之处，有风吹过，飘诵着佛的声音："观自在菩萨，行深般若波罗多密时，照见五蕴皆空，度一切苦厄"，般若即智慧，波罗为彼岸，人要与自然融为一体，从自然之中感悟人生，才能抵达梦想的彼岸。

在观音山的丛林里，是要行走的，要聆听天地之间的无数细语：有风声，有雨的滴答，有鸟儿清晨的第一声婉转，有树叶沙沙的对话，有小蛇的滑动，有竹节向上的奔拔；还有水，无穷变化的水，哗哗的，潺潺的，叮叮当当的，大珠小珠落玉盘，轰轰烈烈的……都在那端坐莲台的观世音慈祥目光的注视之下，无论白天还是黑夜。

所有的生命，无论高山流水，还是花草树木，无论飞鸟虫兽，还是老龟小鱼儿，无论城市乡村，还是贫穷富有、高低贵贱，都有生命的形态和理由。在宇宙间，这样一个远远看去蓝色的地球上，唯有一个能为生命提供存活的空间里，所有的生命原本只能相互怜惜，才能相互依存。因此为舍弃，为感恩，为奉献，为天下人祈福，为度一切苦厄。

走过观音山，思想观音山，一路前行，突然发现好些纠结已如沙砾，留在了走过的道上。智慧心灵指引的只是向前，解开身上的枷锁，实际上原本即是不存在的，只是人心里有，它便有了，若悟到无，便会有了通体的轻松，只因回到了原本的无，回到了本真。

观音山，或许就是这样耸立的，在南国的土地上，也在人们的心里，莲花朵朵盛开。

丰沛的常德

多年往来于武陵一带的常德及桃源，白驹过隙，世事变迁，去年初冬再次寻访，但在葱葱郁郁的群山怀抱之中顺迹而行，古树参天，清泉长流，不能不令人伫足而立。听松涛阵阵，似有万语千言，让人思前悟后，欲探究竟。千年胜景更似仙境，一缕缕清风拨动心底无边的柔情，任由它漫延开去，仿佛融化了身体的坚壁，随风有了翅翼。

那年初来常德，刚与丈夫结婚，我们前来探望在常德工作的公婆。他们住在县农行一幢灰色楼房里，楼下临街一层为营业厅，附近则是平坦的农田。一片片绿而间黄的稻谷，青草覆没之中时隐时现的田埂，几片荷花半开的池塘，城乡混合，热闹但不喧嚣。婆婆那时漂亮能干，就近从楼前的农家买来新鲜的蔬菜，是些从田里扯出的带泥的莴苣、小油菜和青蒜，还有活蹦乱跳的鲜鱼、白嫩的手磨豆腐，常德的美味佳肴从此难忘。

回到我和丈夫工作的恩施，女儿半岁时，我遇到一个到武汉学习的机会，左思右想只有把孩子送到常德去请婆婆照看。初秋时节，从恩施坐长途客车到宜昌，在红星宾馆住了一夜，次日清晨赶到汽车站，丈夫带着女儿去常德，而我则将去武汉。女儿还在睡梦中，小脸藏在褪褓里，我站在车窗下，强忍着心里的难过，招手叫丈夫把孩子抱起来让我再看看，可他刚举起，还没容我看清那张小脸，车就开动了。我跟着跑了几步，车越开越快，渐渐远去，从此仿佛一根由此伸出的线揪扯着我的心。常德，让我铭心刻骨。

  命运的奇妙，常常让人始料不及。有一个叫风儿的女孩，也正是由于我们将女儿送到常德这件事，从而改变了一生的命运。

  风儿是我给女儿请的小阿姨，来自王昭君的故乡香溪，初见面时年方十七，俊俏的脸上一双含笑的眼睛，头发黄而卷曲。风儿的家乡出美女，她也沾了充足的灵气，不仅苗条俏丽，干活也十分麻利，在家为老大，带弟妹、在码头上扛包、摘柑橘，什么都干过，见我和丈夫为孩子的事犹豫，她便主动说："我去常德看孩子，要得不？"我正在为难，孩子太小，公婆还在上班，怎么照顾得过来？风儿能去当然再好不过，但她一个人去到陌生的地方，能适应吗？风儿说："姐姐你放心。我回一趟香溪后就直接去。"我把常德的地址给了她，她后来真的单枪匹马从香溪赶去了。后来的两年里，我不时找机会去常德探望女儿，也看风儿，她总是笑嘻嘻的，但偶尔也会忍不住眼含泪花，思乡之情在所难免。我心里也酸酸的，让她回去还是劝她安心留下，一直十分矛盾。可到后来，女儿近三岁时回到我身边，风儿她却留在了常德。

  婆婆给风儿在一家乡镇企业找了份工作，她干着还满意，后来在厂里谈了男朋友，成家立业过起了日子。不时听到风儿的信息，她婚后生下了一个女孩儿，也是大眼睛、黄而卷曲的头发，像个洋娃娃。后来又听说那家工厂不怎么景气，风儿又去干了别的工作。再后来因为公婆的工作调离了常德，我也辗转几地，便一晃好些年没了风儿的消息。但一直是牵挂她的，总在打听，前两年终于好不容易找到了她的电话，很激动地打过去，没想到一个女人用口音浓重的常德话说："你是哪个哦？"我一下愣住了，听出那仍是风儿的嗓音，虽然带了许多沧桑，但没想到的是，她说了一口流利的常德话，在我心中，她永远是那个清脆亮丽香溪口音的少女。

后来她知道了我是谁，一口气连叫了几声姐姐，说："好多年嗒呢，你都还好哟？"我说我还好，她说："你讲的是北京话？"她的"讲"是"gang"，道地常德人的口音，我忍不住笑，我说我在北京工作了多年，但人家仍然说我是湖北普通话，我学她："那你gang的是常德话？"她拖长音调说："都几十年嗒呢，口音都变成这里的口音嗒。"

香溪少女风儿真的成了常德人，她在那里生养女儿，还有了两个外孙。今年春节收到她从微信里发来的语音："我每天都好忙的，要照顾两个外孙，还要给屋里做卫生，复式楼，两百多平方米，好累人的。"但从她朋友圈的视频里看到她披肩长发，仍然苗条的身材，皮肤白皙，连雀斑也像是没了，穿一条浅粉色长裙，一点不像个姥姥。视频中还看到她的日常生活，有跟家人一起吃饭，满桌菜肴，屋里的陈设有些杂乱，但房子确实不小，家具也都很新潮。

看来风儿早已入乡随俗，融入了当地，这使我想起一位朋友的话，常德古来就是鱼米之乡，洞庭湖一带，往土里随便插根木棍都可以生出绿芽来。那么，更何况是善于吃苦耐劳的三峡女子风儿呢？

15颗稻米，来自6000年前，表明常德一带曾是人工栽培稻米的发源地之一。

常德澧县城头山，那座神秘的古城遗址，是目前中国发现最早的、带有城墙和护城河防御性的城池，那些厚重的黄土之下藏有多少古人在蒙昧中探求生存的故事？他们经历了几千年，甚至几万年的摸索，将可供食用的野生稻栽培成了水稻。经考古学家的认定，这个过程发生在距今 12000 年左右甚至更早一些，比以前认为印度是世界上最早人工栽培水稻的历史提前了若干年。

由此可以证明，中国不仅是水稻之乡，更是水稻之源，并因此绵延不断地创造了农耕文明。常德一词最早出于老子："为天下溪，常德不离，复归于婴儿。知其白，守其黑，为天下式。为天下式，常德不忒，复归于无极。知其荣，守其辱，为天下谷。为天下谷，常德乃足，复归于朴。"老子将如婴孩一般纯真自然的良好德行，能包容天下的溪谷一般的情操称为常德，告诫人们，虽知好的名声能让自己显得尊贵荣耀，但仍能坚守平常无奇的位置，常怀谦卑柔软之心，包容天下，才能德行富足，自然朴实，为天下人的榜样。

常德古称武陵郡，"芳草鲜美，落英缤纷，良田美池桑竹，阡陌交通，鸡犬相闻"。陶渊明的文章逼真地描绘了此地的美妙以及农人往来种作、怡然自乐的生活情景，古人的选择来自劳动智慧的积累，也来自这个地处洞庭湖畔的鱼米之乡的肥沃富饶。

常德历来为兵家必争之地，抗战时期曾发生惨烈的常德会战，10万日军进攻常德，中国军队在日军陆、空军及坦克优势火力猛攻下坚守 16 天，仅剩数百人，老城夷为平地。但很快，中国军队奋力发起反击，再次经过 6 天激战，终于收复常德城。

对这片土地的了解，是一次次加深的。自从 1986 年女儿回到恩施之后，时隔多年的 2007 年我才得以再到常德，那次到湘西里耶参加笔会，回程路经常德，夜里住进市文联的招待所，二日起来发现院子里挂着《桃花源》杂志社的牌子，不觉倍感亲切。阔别多年的常德让人觉得新鲜，重走桃花源，同时得知常德桃源县还有一个枫树维吾尔族回族乡，是除新疆之外最大的维吾尔族群聚居地。那里居住着近 8000 位维吾尔族同胞，有维吾尔"第二故乡"之称，是著名历史学家、教育学家翦伯赞的故乡。得知这些情况之后，我回到北京与杂志社的同人们商定，在常德各方的支持下，《民族文学》杂志社邀约了全国数十位关注少数民族文学的评论家，在常德举办了少数民族文学评论的座谈会，会议期间专程参观了枫树乡。

枫树乡离县城只有十几公里，去的那天小雪夹着细雨，女乡长帕依古丽将我们领进一间烧着炭火的屋子，大家围坐在火盆边，听一位年过半百的翦先生讲述当地维吾尔族的由来。翦先生与翦伯赞同一个家族，退休之前是一位工程师，后来成为维吾尔族历史的研究者，他们的祖先很早就建立了珍贵的族谱，并视其为最重要的财富传给后代子孙。公元 12 世纪，跟随成吉思汗的维吾尔大将军哈勒，被封为折冲将军，后代世袭为元朝命官。两个世纪后，明太祖朱元璋起用了哈勒的后裔、时任燕京总兵的哈勒·八十为大都督，率众将南征，进入湘楚之地。朱元璋感念哈勒·八十翦除叛敌立下大功，晋封他为镇南定国将军，并赐姓翦，这便是常德翦姓历史的开端。600 年过去，哈勒将军留下的那支维吾尔族回族军队已在时光中远去，但将军的陵墓仍屹立在南方的原野上，守望着他的子孙。

枫树乡的村民有维吾尔族、回族，还有很多是汉族，他们世代相处，族群之间交友、通婚十分普遍，各自对不同的民族习俗抱以尊重，年青一代同样如此。

烟雨朦胧的田野上，翦伯赞故居安然而立，那是一幢典型的南方民居，木石结构，青砖青瓦，经由常德人精心修复。翦伯赞先生对中国历史研究精深，一生著作丰富，曾主编《中国史纲要》，著有《中国历史哲学教程》《先秦史》等。在他的故居读到他写的《我的氏姓，我的故乡》一文，他洞察古今，深远地描述了自己族群的迁移，让人眼前仿佛浮现出一幅幅白旄黄钺、金戈铁马的画面。"我查我的族谱，我的氏姓与周礼翦氏之官，毫无关系，而是明代皇帝的赐姓。……而是来自新疆,所谓西夷之人也。"他写道,常德跟新疆一样,是他永远的故乡。

汉字有形有意,奇妙无比,"常德"两字看去,就是一副敦厚朴实且富足的模样,恰如老子所云,"为天下谷,常德乃足"。常德养育了不少文化名人和诗文。沅水河边,"三绝诗书画,一墙天地人",伴随涛声的十里诗歌墙镌刻了先秦以来有关常德的诗作1530首,由全国及海内外的1213名书法家挥毫而镌刻。丁玲、赵朴初、沈鹏、启功、臧克家等名家都在其中,此墙被台湾诗人余光中称为"诗国长城","半部文学史"。

枫树桃花,这些在中国文化中最美丽的植物都相恋于常德,难怪当年的哈勒·八十将军选择留在了此地。人们一直称北京香山、苏州天平山、南京栖霞山和长沙岳麓山为四大赏枫胜地,常德与岳麓山脉相去不远,秋天的枫树乡,该是怎样一番霜叶红于二月花的景象呢?

去年深秋,在蒋子龙和丹增先生的带领下,我们几十位不同民族的作家来到常德桃源,再次感受到了枫林花海及沅水新农村等,感受到常德桃源更为细腻丰沛的姿态。

曾就读于桃源县城那所当年的湖南省立第二女子师范的著名作家丁玲写道:"桃源,这个具有神奇传说的地方,是我的家乡,在这里我度过了我的幼年时代……桃源的县城是一个很小的城市,没有城墙,也没有很大的商店,狭窄的街道,矮小的房屋,还保持着一种中世纪的风味。"

有趣的是,我们《民族文学》杂志社所在的小院——北京后海南沿大翔凤胡同3号,正是丁玲在京城住过的地方,从暗红门楼里走出不过50米,便可到碧波荡漾的什刹海边,凭栏远眺,可以思古念今,也可以想象丁玲先生齐耳黑发、英姿飒爽地从这里走过的情景。她可曾会想到，半个多世纪以后的桃源，她幼年眼中的小城已从低矮的房屋变为高楼林立，一条条宽阔的街道上车水马龙，商铺、酒店灯火闪耀，间或还看到雕塑屹立的广场，人们怡然自得、莺歌燕舞。这一切，可以告慰一生追求光明和幸福的丁玲了吧。

我也曾在常德寻找过当年婆婆家住过的县农行，先是向当地的朋友打听，又在百度上搜索，然后按图索骥找到那里，但怎么也看不出原来的痕迹。那些青草丛中的田间小路，鱼儿欢跳的池塘，一片片稻花均不知去向，眼前只是密不透风的楼群，轿车、摩托车和行人川流不息的大街。我怀疑找错了地方，在一处挂着"金旺地"广告牌的大门前问了一位年轻保安，他摸着后脑壳说不晓得，又转头叫出一位年长的保安，那位头发花白的男子脸上带着过来人的表情，指着身后的大楼说："这就是过去的县农行呀。现在叫鼎城区支行。"

原来我身旁这幢楼就是当年那座方圆数里十分醒目的灰楼，但眼下融入了喧闹的桥南商业街，附近的农田变成了眼前这些玻璃墙光亮闪烁的大商场。我在"金旺地"门口照了张相，想把从前的记忆再一次凝固住，留在这照片里，心底的一层怅然久久不能消散。如同许多人的乡愁一样，总免不了眷念以往所有的温馨，而将曾经的艰辛和烦忧淡了去，再淡了去。但实际上，谁也回不到从前，也不会有太多的情愿回到从前。为了今天相对富足的生活，中国人殚精竭虑，几十年里爆发式地启动了积蓄千百年的激情和智慧，改变了贫困，用梦想的彩笔描画出了新的城市和乡村。

常德，以及桃源，就是这样与中国无数城市乡村一样日新月异，从丁玲笔下的陈旧低矮、中世纪的风味改变成为已具有现代化、又有独特山水气息的江南城市，即便是经常来往于此地的我，也不能不感到惊讶。记得那晚从北京飞至常德，出机场已是深夜，乘车前往市区的一路上，大道平坦车行轻盈，仿佛如流水一般滑过。我被暗夜里百合花一般开放的路灯的光芒所感动,也被路旁墨黑深厚的树林所吸引,不时闪过的建筑虽然看不清,但朦胧的轮廓端庄而又妩媚,让人领略到常德人对自己这片土地的爱惜和装点。

而桃源,让人记住的不仅是城市的风景,更有千年古树百里良田,长流的碧水,崖边的野茶,红灯笼似的柑橘。陶渊明描写那位捕鱼人在林尽水源之处,见一山而舍船复行得以见到仙境一般的桃花源,但出得山来及郡下,太守得知即遣人随其往,却再也找不到路径。后来者也曾多次寻觅,皆未果。而今,却正如蒋子龙先生所言:"桃源处处是桃源。"我们所走过的桃源,还有常德的一些地方,皆为人间胜境。不由觉得,自己便是那入得桃花源的打鱼之人,欣欣然,心旷神怡又意犹未尽。

说　梅

我曾在武汉东湖畔居住过多年，附近有一座清秀的梅园，每到岁末，一树树红梅、白梅、绿梅会渐次绽放，把东湖全都给染香了。我和家人每年都会早早地期盼着，等到花儿将开之时，便迫不及待地去往梅园，一次、两次，好多次，看也看不够。

记得庚子年，梅花开放的时节极不寻常，武汉这座以梅为市花的英雄城市被一场疯狂的疫情所笼罩，往年此时，人们在树下花间流连忘返，而这年人与花儿，难得一见。寒冷的风雪似乎都挡在了窗外，一天天凝眸相望的时光里，有人们的焦虑、担忧、悲伤，但仍有更多的期盼、希冀，以及美好的想象。

全球的疫情一直在蔓延，而梅花，恰在这寒冬腊月之后的日子里散发着幽香，在阻隔的人世间飘动。那梅花或大团小簇，烈烈怒放；或单枝独俏，傲然翘首；暗红、粉白、浅绿、深紫……美妙的颜色，干干净净的，在这天地之间兀自开放。数千年来，她不畏严寒风霜，也不畏清冷和寂寞，这庚子年间亦然如此。

恰在此时，我受山东泰山出版社之约，写一本"梅花传"，他们定下的书名是《一花一世界——梅花》，我从寻梅、探梅写到咏梅、画梅、问梅……想象那纯洁无瑕、风骨铮铮的花儿，在这个全人类遭遇灾难的日子里，是怎样孤傲地度过一天天"寂寞开无主"的时光？但细想起来，梅花却并不孤独，她当与日月山川相伴。冬日的朝阳，会毫不吝惜地亲近她，而月亮从来都是梅花最知心的密友，每一朵梅花与皎洁的月光都会有过倾心的私语，相互凝视和欣赏，息息相通的宁静和美，那样的呼应，无声胜过有声。

　　这些，人也懂得。梅花不仅开放在大地上，也开放在人的心里，珍惜美的人，灵魂深处都会有一树梅花，会从里到外散发幽香，或近或远。

　　梅花香幽，色雅，韵胜，格高，位居中国十大传统名花之首，可谓花中君子。她本属蔷薇科李属落叶观赏花木，在百花凋零的隆冬时节开放，花期特早，花期甚长，还是不可多得的长寿树种，可享千年以上高龄。

　　有谁千载艳如斯？那些越过千年的古梅，每一株都是一本大书。自宋代范成大的《梅谱》，张镃的《梅品》开始，从远古而来的梅，不仅让人看到了她姣好的模样，嗅到了清雅的香气，还悟到了她的精魂。她不仅是山野间的一株植物，她与中华民族的气脉相向而行。

　　五千年的中华文化里，积淀着深厚的梅文化。梅妻鹤子，暗香浮动，梅花的美，不同于牡丹的富丽，也不同于桃花的妖艳，她美在淡雅娴静。且听梅花三弄梅花落，从宫廷到民间，同看梅树枝头繁花似锦，且花开花落，香随风去，人生如涓涓脉流，但也有高山大川，激波荡漾。林逋那人只写她的姿态和香气，疏疏落落的梅枝，纵横交错，映在清浅明澈的池塘中，黄昏的淡月下。为探梅，李白惊鸿一瞥，杜甫巡檐索笑，几多乡情，几多温厚。韩愈"谁令香满座？独使净无尘"，白居易"莫怕长洲桃李妒，今年好为使君开"，好生傲骨，好生自信。而那豪放俊逸的苏东坡，出道便有神仙姿，一生于坎坷之中傲然挺立，即使几次迁谪也不愿屈节从流，始终达观洒脱，正如他的"梅格"一说。

王安石"为有暗香来"，欧阳修"西陵江口折寒梅"，"离愁渐远渐无穷，迢迢不断如春水"。更有陆游自比"一树梅花一放翁"，又道："幽谷那堪更北枝，年年自分着花迟。高标逸韵君知否？正是层冰积雪时。"那高标逸韵是梅格的体现，是君子立世的风范。

辛弃疾"一枝先破玉溪春。更无花态度，全有雪精神"。正是他的意趣和人格之所在。众花开时，姹紫嫣红，千娇百媚，所谓"花态度"，乃娇媚俗艳之品；而梅之百花头上开，冰雪寒中见。骨冷神清、香幽骨峻，正所谓"雪精神"。"花态度"与"雪精神"之别，实为雅俗之辨，志士与庸人之分。

所谓志士，乃忧国忧民，志存高远，品格高尚，仁爱悲悯。"俏也不争春，只把春来报。"古往今来，梅文化暗香流传，尽待开掘。虽"不知蕴藉几多香，但见包藏无限意"。梅花自是"万花敢向雪中出，一树独先天下春"，于隆冬时节凛然开放，敢为天下先的品格，成为中华民族竭蹶向前的精神象征，尤为今天的时代所需。

梅花高雅不俗，谓之"清气"，乃心性之朴素清洁，情趣之清雅；梅花坚贞不屈，谓之"骨气"，乃道德之守正不移，品性之刚直不阿；梅花先春而发，谓之"生气"，乃生命之老而弥坚，肌体之生生不息。梅花的清气、骨气、生气象征着做人的品格、气节、生机。但知她本是世界珍贵之名花，更是中国自古以来最珍爱的文化象征，她在数千年的风尘里超然独立，卓尔不凡，于数九寒天之中繁茂虬劲，"万花敢向雪中出，一树独先天下春"，代代相传。

武汉的市花也是梅花。

自古以来，两湖就是梅花的故乡。秦汉时，野生梅就散见于长江两岸，隋唐时，其食用药用早在民间流传。武汉古时称作江夏，南宋时期，江夏这一带居民栽培梅花已很盛行，到了明清时期，江夏黄鹤楼、卓刀泉、梅子山一直都是赏梅的去处。靠近东湖一带的洪山也一直有种植梅花的民俗，并多被人折回家去，"瓶插梅花迎新春"。

　　武汉的东湖梅园则为全国四大梅园之一。这座让我特感亲切的梅园创建于 1956 年，恰在波光粼粼的东湖之畔，正合古人赏梅与水月相伴的意境，东湖比西湖大了六倍，虽于城市之侧，但四周近距离建筑甚少，似天然去雕饰，烟波浩渺，自有难得的幽静和疏淡。

　　三面临水，回环错落，又与劲松修竹相映。过去就曾有冷艳亭、暗香桥、水清桥，梅花观止等景致，后又新建古梅园，有青梅煮酒、梅妻鹤子、李白吟诗、李清照等梅花传奇人物雕塑。楚风楚韵，养就全世界最大的梅花资源圃。与梅园同在的，中国梅花研究中心也自 1991 年以来建于此地。几十年来，经过人们的精心引种、选育，东湖梅园的梅品种从 50 年代的几十个变作了几百个。每到冬春之交，让人目不暇接的梅花竞相绽放，惊艳天下。有"多子玉蝶"，花瓣多达 65 枚，雌蕊多达 25 枚，最大花径达 4 厘米，真个是玉蝶翻飞；有"雪海宫粉"，花色为粉白或乳白，近看是花，远观似雪，花香馥郁，花开时成为雪海香涛，似要融入东湖的波涛之中。

　　还有"金钱绿萼"，这奇梅花蕾大而扁圆，中心有孔，酷似古铜钱，但金钱难比这花一瓣。"红台垂枝"，也为东湖梅园自己培育，花色红艳，集台阁、垂枝等特征于一体，与照水梅各有其美。清康熙年间有一本关于园林的书《花镜》中写道："照水梅，花开皆向下而香浓，奇品也。"照水梅花开朝下，垂枝梅则是枝条自然下垂，二者有所不同。梅花多为侧开或俯开，却无仰开的，照水梅又分多种，有一种叫作"紫蒂白照水"，不仅花开朝下，而且花心具台阁，真是天工造化。

　　还有一种"算珠台阁"，花蕾像一颗颗玲珑的算盘珠；而"扣瓣大红"，花瓣于边缘处向内扣或呈小碗状，即一朵梅花中再生了一朵，俗称"怀胎抱子"。东湖梅园里的珍奇，数不胜数。

东湖之畔，伟人毛泽东曾留下一行行足迹，他曾多次来到武汉，在东湖边小住，而今，人们为他在东湖梅园立下了一组浮雕。他是伟人，也是浪漫的诗人，他的诗词壮丽宏伟，气象万千，也兼有山花烂漫，无限柔情。他特别爱水，也爱赏梅，咏梅词家喻户晓："风雨送春归，飞雪迎春到。已是悬崖百丈冰，犹有花枝俏。俏也不争春，只把春来报。待到山花烂漫时，她在丛中笑。"

这首《卜算子·咏梅》，毛泽东写于1961年，他以高昂的气度和宽广的胸怀，写出了不一般的梅花，有别于林逋、陆游的寒士之梅，也有别于王安石、陆游的孤傲之梅，毛泽东的咏梅一如他在任何艰难困苦形势下都持有的浪漫主义情怀，赞扬了梅花的傲寒开放，积极坚贞，以及高远内敛的壮美品格，给了无数人以勇气和启示。

东湖梅园里，万株梅花丛中，毛泽东的浮雕伟岸屹立，这位划时代的伟人与山河同在，与梅花共魂。

就如王冕的《梅先生传》，梅应该是通灵性的，有名有姓，有字。史自炎帝，经历曲折。"梅先生，翩翩浊世之高士也。观其清标雅韵，有古君子之风焉。彼华腴绮丽乌能辱之哉！以古天下人士爱慕仰，岂虚也耶！"所谓"一花一世界"，不无道理，梅的传记在这一世界与大千世界的联系之中，层出叠现，宏大而又精细。

我寻梅、探梅、问梅，在古往今来所有熏染于梅的气息中徜徉，其时，正是凶狠的新冠疫情蔓延之际，城被封闭、道路中断，城与城之间，人与人之间都设有了屏障，各人都只能在家中，守一方小小的空间。但因写这梅花，心绪却打开了封闭，寻着梅花的暗香，一次次油然升腾，飞越燕赵，去到无数高山峡谷，冰雪严寒的丛林之间；又一次次穿越时空，嗅到春秋的酸甜，唐宋的暗香，元时的豪放，明清的冷艳，还有如今弥漫人间的清雅，可谓清气、骨气和生机勃勃之神气。

听 茶

茶是有声音的。这是到了福建安溪之后才突然领悟到的。

其时秋分过了，转眼已是寒露，北方的雾霾不期而至，灰蒙蒙的不顾人情冷暖，沉着脸。老天爷不高兴的样子实在让人无奈，到底人做错了一些什么呢？我们应该做什么检讨，才能换回蓝天？怀着这样的心情，应邀到了安溪，扑面而来的青山绿水顿使眼前一亮。

那山，向大海倾斜而去，挺拔入云，也不免有着婀娜，显出对海的一往情深。山脉的名字为戴云，有着古来的诗意，试想那云字用繁体书写，会更为美妙。从远处看，高低起伏的山也是层层叠加，让我不由想起自己的家乡三峡。大约南方的山，都会郁郁葱葱，近者似墨远处如黛，白云缭绕之间是天公的大笔作画，亿万年的笔墨都在眼底，无尽的沧桑，却又是无限的青春。

看山的模样，从来不会觉得疲倦，千姿百态的，犹如好看的男人女人，也都有着性情，吸引你走近，与之细语，交付心事。转身时便会有了种种牵挂；忍不住一次次回首相望，却也不能停步，人生只能朝前。还好低下头来有一缕茶香飘然跟随,那便是与这山相伴的古茶,有着贴心的茶名,叫铁观音。

从小喝惯了茶,各种茶的味道都略微知道一些,但这沁香扑鼻的铁观音对我而言,咽下去熨帖可心,似乎能感觉出一种格外的温暖。在安溪一座颇具匠心的茶史馆里读到:"中国茶业,最初兴起巴蜀。清初学者顾炎武在其《日知录》中考说:'自秦人取蜀而后,始有茗饮之事。'也就是说,中国和世界的茶叶文化,最初是在巴蜀发展为业的。这一结论,统一了中国历代关于茶事起源的种种说法,也为现在绝大多数学者所接受。因此,常称巴蜀是中国茶叶或茶叶文化的摇篮。"

这段文字不动声色地贴伏在墙上,读到它,它便活跃起来,一下子让安溪与三峡那片地方有了连接。难怪茶的味道勾引起乡愁,原来它深深地潜伏着,从古时到如今。

要说巴蜀之地,我便出生于长江巫峡与瞿塘峡之间的巴东,古来当属巴国,那一带峻峭起伏的大山里喜好种茶,随口唱出的茶歌数不清。"正月采茶是新年,手拿金簪点茶园,一点茶园十二卯,采茶姑娘笑开颜……",一首《顺茶歌》从正月唱到了十二月。还有一首男女对唱的《六口茶》:"喝你一口茶,问你一句话,你的那个爹妈噻,在家不在家?"很得当代人的喜欢,曾在北京鲁迅文学院学习的年轻作家们,从鄂西人那里学来,一口一口唱成了"班歌",然后带到天南海北。这回在安溪的茶山上,写过《水乳大地》的范稳先生开口便唱"喝你一口茶,问你一句话",我说这是我们土家人的歌呢,心里却很感激他,远远地从云南昆明把"六口茶"又带到了安溪。

但其实,是安溪人一贯的开放和笃定引来了这些异乡的歌声。安溪早年素以农业为主,境内山多地少,有"八山一水一分田"之说,即使种些水稻、甘薯,也是"小旱小忧、大旱半收"。后来于明末清初创制出乌龙茶,传至闽北,后又传入台湾,渐渐名扬天下,多山的安溪才一年年繁荣起来，得"小泉州"的美称。而今这座建自于唐宋时期的古城可谓茶都，天下名茶汇集，人与茶相濡以沫，街市上随处可见闲坐饮茶的老人、店前沏茶的少女、行走担茶的男子或少妇，茶显然是这座城市最为亲密的伴侣。行走之间，可感觉到空气里茶香弥漫，馥郁芬芳，又奇妙地掺和着稻谷花生的焦香，成熟醇厚，正如这秋日的山野，让人纵然是不喝也醉了。

再上得山去，便可看出安溪人对茶的娇宠，一垅垅，一排排的茶园，修剪得如时尚人儿的美发，用尽了心思和功夫。陆羽在《茶经》里写道："茶者，南方之嘉木也。一尺、二尺乃至数十尺，其巴山峡川有两人合抱者。"在安溪的山上，也有那高大的古茶树，好些已过千年，总在云雾山上静观人间，看似淡定却是经历了无数风雨摧折。人道是铁观音好喝树难栽，但看它，虽天性娇弱但执拗不衰，时光流逝则愈加高贵不凡；也有那后起之秀，满树嫩枝叶儿，青翠欲滴，若是伸手去掐，片刻就染了指尖。

难怪采茶女扬起的手，总是绿得天真，仿佛也成了摇动的茶枝。

所以才会有那么多唱不完的茶歌。"十月采茶下长江，卖茶挑起花箩筐，一担茶叶一担歌，挑起百货转回乡。"

过去我只知道，采茶的最好时节是在清明前后，来到安溪才听说春水秋香，即便北方的枫叶红了，这地方还有一轮秋茶可采。上天赐福，借着亚热带潮热的海风，这里秋分过了也并不觉凉意，只是风爽气清，正好上山采茶。我们循着茶园登上了戴云山脉的一峰，天空碧蓝，刚下过雨，茶树上点缀着一颗颗露珠，在初晴的阳光下闪烁不定。那灌木型的茶树枝条斜生，叶儿肥厚，光润浓绿，顶上的嫩芽却显出一点紫红，种茶人称这是"红芽歪尾桃"，所谓紫者上，绿者次，正是乌龙茶的纯种。一行人斜挎了竹篓，在茶山上左手一把，右手一把，好歹摘得半筐，天已是黄昏，茶师傅喊叫收工，说采茶要趁日光，再晚就不好了。

万物皆有灵，而茶则是格外讲究，天色早晚，采茶人的心情好坏，下手如何，都会影响到茶品。"采不时，造不精，杂以卉莽，饮之成疾。"茶与人的对话古来早已有之，千万不可忽略。

从山上回到茶庄，迫不及待地将嫩叶倒在桌面大的竹筛上，听茶师傅指点铁观音的制作综合了红茶发酵与绿茶不发酵的特点，属于半发酵，采回的鲜叶要力求完整，然后凉青、晒青和摇青。茶师傅摇晃竹筛，说摇青也叫浪青。通过旋转，使叶片碰撞，激活芽叶酶的分解，会产生一种独特的香气。我上前试了试，所幸当年知青插队时推过石磨，也摇过筛子，功夫还在，摇一摇居然还算得心应手，但见叶片翻滚，如推波逐浪，转转停停、停停转转，窸窣声又似窗外细雨，果然散发出一阵阵清香。

接下来是杀青，以高温将茶的青味炒退，大力搓揉至不再出水为止，时辰把握一点都不能耽误，否则就会发酵过度成红茶。茶工们为此常常连夜守候，小心翻弄，直到天明。而后，杀青过的茶要进行揉捻和包揉，这是一道更为繁复辛苦的工序，要将茶裹在白布包里，用机械加手工使劲挤压搓揉，然后再热炒，再裹在白布包挤压揉搓，一遍遍的，要重复进行25回。

虽是秋日，但厂房里热气难挡，茶工们汗水滴答，恰也是"谁知杯中茶，片片皆辛苦"。香茶好喝树难栽，更难侍弄，但得如何相谐，才能交付一缕馨香呢？人问茶，茶有声，那话语只有真正爱茶的人才懂得。这让我想起安溪的一位女子写出的一位懂茶、惜茶，与茶共命运的茶王，他做出的铁观音绝无仅有；又让我想起在家乡三峡那边，能够做出绝品"玉露"茶的一位聋哑师傅，他听不见人语，却能听懂茶音，茶晓得他的亲昵，将感受到的珍惜与抚爱渐次融入茶意，因此成为极品。

只有听懂茶的声音，才能互为知音呵。

人与茶的对话，从种茶开始，培茶、采茶、制茶……经历了无数回合，一直到最后，那饱满成颗粒的茶叶，色泽砂绿，状似蜻蜓头、螺旋体、青蛙腿。再用细细的文火焙炼，如凤凰涅槃，就是人们期待的铁观音了，面世之前的梳妆是免不了的，去掉杂芜，留下精粹，是人与茶共同的愿望。

这时轻取一撮放入茶壶，便清晰可闻"当当"之声，这是茶在真正的绽放之前，小小的序曲。其声清脆为上，声哑者为次，俗称"音韵"，只有领会的人，才能听出那茶韵的山高水长，余音缭绕。高明的茶师则不仅可以听出茶的优劣，还能听那茶出自何地，树龄几何，甚至为哪位大师所制。

"七泡有余香"，茶的芳香，茶的音韵一定是与土地、山川相连的。清代末期诗人连横写得一首："安溪竞说铁观音，露叶疑传紫竹林，一种清芬忘不得，参禅同证木犀心。"他祖籍福建，而后去了台湾，世代定居，但给孙子的叮嘱是："生根台湾，心怀大陆"。那一种忘不得的清芬，让游子始终割舍不下故乡。

这种忘不得，又岂止连横呢？

有许多乡愁随着茶香和音韵飘来，在安溪，也似在我的家乡。

《茶经》道："天育有万物，皆有至妙，人之所工，但猎浅易。"说的是苍天养育万物，都有奥妙，人类所知道的不过只是一点浮浅的皮毛而已。回望北方的白雾，便想一片小小的茶叶尚且如此奇妙，那天地之间该有多少奥秘不为人知？人类对大自然的探求从来没有停歇，但敬畏之心断然不可无，只有谦恭地聆听它们发出的声音，读懂它们的表情，才能求得彼此的和谐。

这也是茶传出的声音。

第三辑

三峡皂角树

三峡一带树木葱茏，当年杜甫沿江而下，曾在巴东西瀼口住过多日，这地方是在长江三峡的巫峡与西陵峡之间，素有川蜀咽喉、鄂西门户之称，为土家族苗族等多民族百姓世代居住。有诗云："巴东三峡巫峡长，猿鸣三声泪沾裳。"诗圣杜甫放眼看去，又吟道"冬来纯绿松杉树，春到间红桃李花"，想那峡谷山川之间，松杉林立，花枝摇曳，一片醉人沁香呵。而我自小在巴东峡江边，看惯了一片葱绿，更偏爱三舅嘎公家的皂角树。

土家人将姥姥叫嘎嘎，三舅嘎公是嘎嘎的幺弟，他与他的父兄过去都是川江上有名的"桡夫子"，将三峡一带的盐、柑橘和茶叶运到宜昌、汉口，又将下江的洋货拖到巴东、巫山、奉节，后来在江上遭遇土匪，梭标来去，几条汉子死得只剩了最小的三舅嘎公。

嘎公家在长江边，屋侧另有一条小溪，溪畔有一座玲珑宝塔，溪间躺着高低起伏的巨石，清澈的溪水静静地钻过石缝，小蛇一般游入长江。三舅嘎公的土屋前长着一棵青青的皂角树，像一把撑开的绿油油的大伞，树下摆放着几条光滑的长凳，那是被路人的汗水浸透过的，还有小方桌和瓦罐凉茶。我们奔跑着从刺目的烈日下扑进那一片荫凉，头上捆着白帕子的三舅嘎公提着旱烟袋，会伸手擦一把我们额前的汗，笑眯眯地说："喝茶喝茶，灶头有烧好的苞谷坨。"我和我的表兄妹们，一屁股对着江水坐下，皂角树下吹过一阵阵江风，我们咕嘟嘟喝下大碗的梨儿茶，啃出满嘴苞谷香。

对岸的巴东县城，则是一条窄窄的长街，我和我的表姐摇摇摆摆地从街头走到街尾，一般只要十来分钟。有汽车经过时，便会有半老的妇人或孩子拿起铁皮喇叭叫喊：车子来嗒，行人走两旁！这样的情景似乎一直被外乡人当作笑话提及。巴东城下的江边如郭沫若的诗："岸头礁石起伏，崎岖难行，微雨步巴东，江边乱石丛……"人们没有想到若干年后，随着三峡工程的建设，江水会上涨至175米，那些乱石丛，还有巴东老城，以及江北三舅嘎公的土屋都一一没入了大江。

举世瞩目的三峡搬迁是从1997年的夏天开始的，一声炮响之后，老城的街道楼房逐渐拆除，人们挥泪告别。拆除所有房屋、电线通信线广播线、石拱桥、园林、医院兽医站屠宰场、猪栏粪池沼气池、传染病疫源地、15年以上坟墓……一眼望不到边的断墙残瓦，惊心动魄的尘土飞扬，三峡如凤凰涅槃。

1500多年前始建的巴东"旧县坪"原在大江北岸，宋朝时，20岁的进士寇准被派往巴东做了县令，唯见"野水无人渡，孤舟尽日横"，他发奋改良农事，开拓南岸，将县城搬到了江南的金字山。那次不足千人的搬迁一直被后人视为了不起的壮举，然而相比三峡迁移，就简直是微不足道了。作为三峡库区移民重点县之一的巴东，全县境内搬迁涉及到县城和10多个乡镇100多个村，近5万多人。三舅嘎公的儿孙也在其中。

就在老县城即将完全淹没的头一年，我在拆去半拉的巴东码头坐上了一条小小的机动船，驾船的是三舅嘎公的外孙小宋，他所驾的已不同于前辈的木船，而有着"突突"作响的发动机，箭一般顺江而下。我们在一个叫"鸡翅膀"的乱石丛下了船，只见一个个硕大的水泥墩子从江边伸到了半山腰，那是白底红字的水位标志，最高的那一块便写着"175"，也就是三峡大坝完全建成蓄水后所要达到的水位。

接着往上爬了不远，便看见好几处断墙残垣，三舅嘎公老屋的所在地，一群男人正在七手八脚地拆梁，土墙只剩一圈基脚，周围的树被砍倒在地，新鲜的枝叶脆生生地朝天翘着。一口圆圆的瓦缸半截被土掩埋，太阳映在缸里，晃荡晃荡的，也不知那缸里的水是天上的雨，还是主人临行前挑回的清泉。拆屋的男人告诉我们，已经去世的三舅嘎公埋在了山高头，他的后人已搬到江汉平原，那里建了许多个三峡村，而现在他们是在做"清库"，明年六月水就要淹到这里来了。

我问，那棵皂角树呢？男人们说：皂角树？我们这里皂角树多呢，你说的哪一棵？我无法说得清，那棵皂角树在我儿时的印象中是一棵参天大树，以后应该是长得更大了吧，可躺在地上的这些树有松杉，有柑橘，却没有那棵如巨盖的大树。

我们找到了三舅嘎公的坟茔，他老人家正好埋在了不用迁移的175米之上，面朝大江，可以日夜眺望江上行走的船儿。我为三舅嘎公烧香，祈望儿孙的搬迁不会使他孤独和担心。三舅嘎公知道，这地方自古以来很美也很穷，地僻接穷峡，坡度大都超过了四十五度，只能种植苞谷红薯，巴东县志曾记载："农人依山为田，刀耕火种，备历艰辛，地不能任旱涝，虽丰岁不能自给，小侵则蕨根为食。"在过去的许多岁月里，三舅嘎公和他的乡亲常为温饱所困扰，这里的部分农户举家搬迁，减少三峡土地的耕种，对美丽三峡的生态发展应是一种离别的奉献。

那天正要从陡峭的山上往下走，一位鬓发花白的妇人健步而来，她肩上挎着一个竹背篓,笑笑地提醒我们将纸钱和炮仗拿得离草木远些,说山上容易着火,现在这坡上除了一个七十多岁的老汉,就只剩了她。这位姓曾的大妈家门前有一个大屋场,铺着清一色的石板,显出山里人家的气派。她的四个儿女全都迁到了外地,有的在江上跑生意,有的进了合资企业,都修了很大的屋,儿女来接过好多次,虽然住着的这个屋场过几年也得拆,可是她却不想走。

　　我们问为什么呢?她沉默了好一会儿,扬手指了指门前的石板,说光这一块块"礌察子"我都舍不得,几十里外的地方打来的,搬运钱一块石板都要好几十块呢。我从神农架下嫁过来,在这屋场里结的婚,生的娃娃,后来又看着婆婆在这屋里闭的眼睛……还有丈夫。她说着,眼圈红了。我忍不住拉起她的手,想说几句安慰的话,但什么也没说出来。她要守到三峡大坝完全建成,守到江里的水一层层淹没了她千辛万苦弄回来的那些"礌察子",她才离开。

　　大江上响起了悠长的汽笛,那雄浑又带着些沧桑的声音在峡谷间久久地回荡。面对浑黄的永不停息默默流淌的浩荡江水,恍如昨日,如花的新媳妇从山道上满脸桃红地走来,还有扎着雪白帕子的三舅嘎公张着缺牙的嘴笑开了满脸慈祥,那土屋前的皂角树绿出满眼的温情……而眼下,巴东新城彩虹飞架,十里长街高楼林立,夜间华灯初上,人们翩跹起舞,通往江边的宽大石阶九百九十步,正对着飞架南北的巴东长江大桥。那一棵皂角树,留在了人们的心中。

平原三峡村

富庶肥沃的江汉大平原。从武汉到荆门一路行来，过了潜江后湖，不多一会儿便会见到公路两旁出现一排排整齐的小楼，长长地形成了一条小街，白墙红瓦煞是好看。街头立着一块醒目的牌子，上写"三峡村"几个大字，走上前去，一张张朴实的笑脸迎面而来，一声声巴东口音让人百感交集。

20年前，三峡百万大移民在水面逐渐上升的长江边陆续进行，这道世界级难题牵动了无数人的心。大部分移民就地搬迁，即从低处搬到高处，已是艰难，而另有十几万移民分别被安置到全国各地及重庆、湖北非库区地带，更是极尽曲折。三峡巴东的乡亲有很多人因此从山地去到了江汉平原，荆门沙洋县一带便接纳了一批批巴东移民。拆掉了峡江的房屋，砍断自己栽种的柑橘树，抱着世代留下的族谱，携家带口含泪离开故土的山里人，一路风尘地来到沙洋那片陌生的土地，他们之中有我的亲友，也有后来认识的一些乡亲。

2000年的春天，雨水下个不断，就像巴东移民难舍故土的眼泪，最初来到古老的荆门沙洋,面对一望无际的平原,长流不息的汉江,星星点点的湖泊,峡江人无不感到陌生和迷茫。

沙洋范家台农场在三峡移民工程统一部署下,集中安置了库区外迁移民386户1421人,他们来自巴东县沿江5个乡镇12个村26个组。安置房后就是一大片芦苇地,在巴东移民到来之前,真心欢迎他们的沙洋人用挖土机将那些芦苇连根拔起,而后平地建起了简易的红砖房,但住惯了三峡吊脚楼的土家人一开始实在是难以适应。平原上风声不断,一旦起风,安置房设在露天的灶台就遭了殃,落在锅里的沙比盐还多;平原上的雨水也大,带有淤泥的沙地一到下雨就变成一汪汪湖泊,山里人放在门前的拖鞋成了漂泊的小船,不知所往。移民们叫苦不迭:起风是沙,下雨是洋,难怪这地方叫沙洋呢。

但日子总要一天天过下去。

好在范家台农场对三峡来的移民热情有加,不仅早早为他们修好了过渡房,还日夜派人值班为移民守家当,接着又给每个人赠送一万块红砖,帮着给各家各户联系好建筑队,不到三个月,所有的移民都住进了有电有水的新房,广阔的江汉平原上,一排排白墙红瓦的小楼闪现出"土家人"的字样,按照最初的心愿,他们给自己新的家园叫作"三峡村"。

头几年,离开祖祖辈辈居住的家乡,峡江人心里免不了失魂落魄的,老是防备会受当地人的欺负,遇到一点小事就要"冲狠",心想不能输了峡江人的面子。曾经在考察范家台时,他们就提出今后要发展"路边经济",不到半年工夫,公路两边的土家餐馆开起了一家又一家,他们从山里带来的土腊肉,榨辣椒,合渣,一下子吸引了周围的沙洋人,"三峡村"一带车水马龙,人来人往。可是不久却出现了斗殴,开餐馆的峡江人跟当地人一语不合,就动起手来,摔盘子砸碗,彼此都不肯相让,旁边的同伴也跟着出手,一打就打成了群架。用他们的话说就是"打码头",可打过几架,发现没意思,伤害别人也少不了伤了自己,回过神来一想,不就是为一两句话吗?真不值得。

还是得好好过日子,首先种好地。可峡江人突然尴尬地发现,自己在这平原上不会种地了。

从前在山地种的是玉米红薯,平原却是水稻和棉花,跟土地打了几十年交道的峡江人一筹莫展,幸亏当地的农业技术员走进了三峡村,手把手地讲授如何种植水稻、如何培育棉花,村民们从抵触到渐渐入门,甚至着迷。峡江人从来就吃得苦、"盘得皮",舍得在地里下功夫,很快掌握了技术,村里的水稻平均单产第二年就达到 500 公斤,花生 150 公斤,小麦 150 公斤,有的种田高手亩产还超过了本地人的最高产量。其间有过多少烦恼,又有多少喜悦啊。

时间一天天过去,心情渐渐从最初的浮躁转为平静,来到沙洋的三峡人过日子的劲头越来越足,有的办起养猪场,有的酿酒,有的弹棉花,八仙过海,各显神通,眼前那平坦的土地,水光闪动的大湖小湖有了脉脉柔情。

过去山里人的出行主要靠走路,背着背笼翻山越岭,出远门才去"赶车",守在公路旁等候过路的客车捎上一脚。到了沙洋,却见当地村民都骑自行车、开三轮,两脚一蹬就走远了,真让人羡慕。这些玩意儿怎么骑?怎么开?周围的沙洋老乡看出了他们的困惑,搭讪着上来教他们骑,都是男人,曾经打过一两次架又算得了什么?梁山泊的好汉,不打不相识,哈哈一笑,一拍肩膀成了朋友。

"伙计!"峡江人将朋友叫作伙计,经常唱的有一首歌,就叫《伙计歌》:"伙计、伙计!挨到坐起,"沙洋老乡听了好新鲜,好开心,来,我扶上你,骑自行车、驾驶三轮,从歪歪扭扭到掌握平衡,一来二去,峡江人与沙洋人相互走动,互帮互助,蔚然成风。

不知从什么时候开始,三峡村的年轻人和沙洋人谈起了恋爱,热恋中的姑娘小伙用不同的方言使劲走向对方的心灵，他们喜洋洋地结婚、生子，一声声婴儿的啼哭，响彻平原上空，在稻田、水渠、棉花地里回荡，宣告新一代峡江人，也是新一代沙洋人的诞生。

当年移民时，年龄最小的那个女孩未满月，如今已就读于沙洋高中，花蕾一般绽放，已懂得每逢下雨变天时，给腰酸背痛的妈妈冲一杯糖茶，漂亮开朗的姑娘和当地学生的口音、生活习惯已无二致。村里比她更小的弟弟妹妹同她一样，也都会说峡江话、沙洋话和普通话，自如地生活在这个有着浓郁土家特色的江汉平原的家园里。

土家汉子周辉刚，未搬迁前是一位建筑工，来到沙洋之后，他每天骑着单车穿行于一些大小建筑工地找活干，开始只能接上一些小活，渐渐以三峡人的吃苦耐劳，做事扎实得到了认可。他将村里的一些伙计带动起来，以移民建筑队注册了建筑装修公司，在沙洋的大小工地上忙活，又陆续添置了机械设备，经营项目不断扩大。周辉刚连续几年被评为荆门市优秀企业经理，同时还担任了三峡村的党支部书记，近年被推选为沙洋县第四届政协委员。

一个叫王雄的年轻人，搬迁的那年18岁，刚从巴东乡镇的一所初中毕业不久，跟着堂兄学了一两年不锈钢的手艺，装门窗、做扶梯，小小年纪四处奔波，他喜爱上网，给自己取了个网名"百里飘摇"，但手艺还没完全学到家，便遇到故乡的整体搬迁，他随父母由此经历了人生最大的一次变动，从得知消息，到难以取舍，五味杂陈，最终不得不舍小家顾大家，离开世代居住的三峡，他在大起大落的经历中成为一个真正的男人。他靠自己的双手谋生，养活妻儿，还热爱文学，一个偶然的机会结识了荆门和沙洋的几位编辑、作家，他们给了他很多鼓励，并将他的散文发表在《沙洋文艺》《荆门晚报》上，他以一位亲历者的目光，真实记录了平原三峡村这一特殊村落的前世今生，再现了峡江人在命运更迭中的坚韧和追寻，同时也体现了以沙洋人为象征的开阔包容的平原精神，以及他们对家园的共同建造。

我的三舅嘎公已长眠于三峡，但他的儿孙也都移民沙洋，在当年打架斗殴的峡江人里，就有我性格剽悍的表兄弟，如今他们都过上了安稳的生活。打架最狠的表弟杰才常年在长江上"跑船"，现在是一家航运公司的二副。我几次到沙洋，都没能见到杰才，他开着从南京到重庆的大船，一趟要走七天七夜，一个月才能回一趟家。他那有着老人和妻子女儿的家收拾得很清爽，两层小楼房里摆放着现代化的生活设施，后院却堆放了一大堆柴火，锯成两头齐的干树枝，码得整整齐齐的，一看就是三峡人过日子的模样。

沿着长长的公路，三峡村的几百户人家相对而立，门前的花坛与果树连接起一条绿化长廊；村庄中心是土家族风格的吊脚楼，铺设着琉璃吊檐，一块大石头上刻着醒目的"三峡村"。近年来，土地部分流转，架起了数百个蔬菜大棚，土家族"农家乐"为平原添了一道风景。村里有卫生室、超市、农家书屋，还组建了一个"土家族艺术团"，自编自导的《巴山汉水儿女情》《六口茶》等节目上了中央电视台。每当夜幕降临，村民们会来到村头围跳广场舞，他们跳的是跟沙洋人不一样的土家摆手舞，那些古老的峡江歌谣被他们带到了平原，也成了当地人哼唱的歌儿。

一个个峡江人就这样以自己的方式渐渐融入沙洋，成为平原人，他们好像一棵棵从峡江移到平原上的绿树，走过春夏秋冬，开花结果，根越扎越深。

"巴水急如箭，巴船去若飞，十月三千里，郎行几时归？"三峡村的孩子们会读李白的诗，他们从父辈的故事里知道，三峡，是他们永远的故乡。

巴东巫峡口

今年春天，我又一次来到三峡，一连多日的春雨，江水渐涨，但那水却是碧绿清澈的。从前那一江浑黄的大水每经雨季就像泥浆一般，它会裹夹着沿江两岸的泥沙一路咆哮，但多年的退耕还林使得长江中上游绿色丰茂，牢牢地抓住了山地，于是随着春天的花儿纷纷扬扬飘下的雨水，只是想来亲昵它们，并不像往日那样带走它们，两败俱伤。三峡的花雨，变得多情温润。

我站在巴东巫峡口。登高望远处，正在峡口的大面山顶上，伫立山巅，遥看那一江大水自西向东而来，四季景色，春夏秋冬各不同。尤其清晨时分，朝霞升起，或黄昏来临，晚霞漫天，霞光将江水染得五彩斑斓，似真似幻，犹如仙境。

"众水会涪万，瞿塘争一门"，大江夺夔门而出，汹涌澎湃地流经瞿塘峡，巫峡，西陵峡，造就名扬天下的长江三峡。这巫峡因长江南岸的巫山而得名，自巫山大宁河口东至巴东官渡口，正如唐人杨炯《巫峡》一诗中所写："三峡七百里，唯言巫峡长。重岩窅不极，叠嶂凌苍苍。绝壁横天险，莓苔烂锦章。入夜分明见，无风波浪狂。"巫峡两岸山峰峥嵘奇崛，著名的巫峡十二峰高耸直上云霄，其中的神女峰纤细峻峭，云雾飘绕，传说每年八月十五明月朗照之时，巫峡之间就能传来优雅动听的乐声，而到了天气晴朗的日子，峡谷上空的白云就似凤凰、仙鹤飞舞，久久不散。

长江流至巴东巫峡口后，或许因一路激流为高山所催促，到了这稍显平坦处便不由放慢了流速，江水没有夺路而去，却是舒缓地绕着江北的山峦，鬼斧神工地画出了一个弯曲的"几"字，让人联想起九十九道弯的黄河。长江、黄河，这些伟大的河流总是眷顾着大地，总会在率性奔流之间不时回望，用它们的乳汁源源不断地供养大地上的万千生物，那些回绕的"几"字，含有难以言说的美妙，亦含有江河大自然无穷的仁慈。

巫峡美至极，但自古以来也贫寒至极。唐代陆游在他的《入蜀记》中曾写到携家人乘舟溯江而上，自吴入楚，行五千余里，那年十月二十一来至巫峡，"泊巴东县，江山雄丽，大胜秭归。但井邑极于萧条，邑中才百余户，自令廨而下皆茅茨，了无片瓦"。陆游在巴东住了一日，拜谒了曾经在此做过县令的寇准的祠堂，登秋风亭，他在对巴东的古树清泉大加赞美之时，却也发现此地因贫瘠荒凉，做官的人隔二三年来此轮换一次都不甚乐意。寇准在巴东为县令三年间写了125首诗，亲编为《巴东集》，其中"野水无人渡，孤舟尽日横"成为千古名句，也足以令人想象出当年巫峡的清冷。

站在峡口，再次想起小时候住在巴东县城的木楼里，那时小城只有一条独街，被称作"扁担街"，横挂在长江南岸金字山的半腰，连接一条条从江边伸向陡峭山脊的"天梯巷"。出行的人们都喜欢身背一个背篓，方便爬坡下坎。运送货物的背脚人更是离不了背篓打杵，打杵用坚实的树杈刨光而成，可以立在地上，顶住负重的背篓，让背脚人松一松肩。这种劳动方式不仅在山乡村寨，也在县城码头，背篓里的盐巴、桐油、苞谷、洋芋少则百十斤，多则二百余斤，一步一声号子，巫峡人的汗水浸透了脚下的青石板。一方水土养一方人，高山大川塑造了三峡人吃苦耐劳、乐观豁达、顺应自然的传统和品格。

随着三峡库区的蓄水上涨，巴东老城于2003年沉入江底，如凤凰涅槃，巫峡口焕发崭新的生机。但因地质复杂，古滑坡体一直存有隐患，新城又从黄土坡至西瀼口，经历了几度艰苦的搬迁。如今的县城所在地信陵镇，正是当年诗人杜甫赴夔州之时，途中居留之地，"瀼东瀼西一万家，江北江南春冬花"。而今一桥横跨大江南北，将古时的旧县坪与新城连为一体，县城街道纵横交错，商铺林立，一幢幢现代化建筑，一辆辆造型各异的小轿车如流水驰过，打扮新潮的巫峡年轻人，个子明显比父辈们高大，他们告别了父辈们的背篓打杵，甩着双臂，潇洒地走在大街上。

正是暑期的八月，我从庆祝建州40年的恩施土家族苗族自治州首府来到巴东，先是顺道去到巫峡口上的大面山顶，恰黄昏时候，晚霞将一江大水染成了金色，静静地环抱着峡口，果真是仙气今犹在，令人多徘徊。远眺江北，碧水之上有一条白练伸向更远的山间，原来那是刚刚开通的G348快速通道，全程近15公里，乘车人只需十来分钟就可以从巴东县城直抵高铁站，登上郑渝高速列车，一站可到华中秘境神农架，三站则到古城襄阳，风驰电掣，几个小时之后抵达首都北京。

蜀道难，难于上青天，巫峡口正是曾经的蜀道之难关。G348这条从巴东县城到高铁站的快速通道虽然只有15公里，却是攻克了千难万险，凿通红花岭、月明两个穿山隧道，架起柚子树坪大桥、红花岭中桥、鸡公岭1号、2号等11座大桥。我站在巫峡口，朝那一方山水久久凝望，然后恳请当地的朋友将这11座桥名告诉我，一一记在了小本上。出生于巴东的我知道,这每一座桥的修建会是多么不易,不知有多少人付出超乎寻常的智慧和辛劳,我希望能有机会不断探访。

巴东高铁站建在溪丘湾乡葛藤坪,站房别致,飞檐黄墙,融合了巴楚文化的特征。土地被建站征用的农户们全都住进了附近新建的金叶湾小区里类似联排别墅的房子。我和朋友顺道走进一户人家,巫峡人好客,即使来了陌生的客人也会热情让座,沏上香茶,于是我们喝着茶与女主人聊了起来。这家三代同堂,坐在一旁的老人摇着蒲扇,女主人说丈夫在外打工,一个穿白T恤的小伙走进来,她指着说这是儿子,正在武汉科技大学读书,假期回到巴东,正帮家里干些活。

"巴东三峡巫峡长,猿鸣三声泪沾裳"已成往事,"好奇须要过巴东,千山千水貌不同"却恰在此时。巴东巫峡口的新传奇在不断上演,但仍可清晨闻鸟鸣,黄昏看流金,耳过三峡风,夜晚数星星。

土家夜话

有一次在长阳清江边,听到一曲《渔家乐》:"清风不用银钱买,月在江中夜半游。闲来简板敲明月,醉后渔歌云春秋。"顿时让人醉了。那是流行于明清之时的南曲,为土家人所喜爱。听这南曲,不禁让人思古怀远,浮想联翩。

土家人是武陵山区的世居民族之一,主要分布于湘、鄂、黔、渝毗连区域的崇山峻岭之中,秦汉时,称为"廪君种""板蛮""赛人"等,此后多以地域命族,被称为"武陵蛮"或"五溪蛮"等。宋代以后随着汉族居民大量迁入,"土家"开始作为族称出现。土家族的来源说法不一,专家们的考证在不断的探究之中,而从古到今的传说却如一条长河源源不断,它们醇厚温暖,包藏着无数隐秘的信息。

有一个故事说的是从前武落钟离山崩塌,就是现在的湖北长阳地方,出了两个石坑,一坑红如朱砂,一坑黑如生漆。有一个人从红坑中跳了出来,名叫巴务相,又有另外四姓从黑坑中跳出来,大家争做首领。祭司说谁能把矛扎在坑壁上,就做廪君,结果只有巴务相一下子把矛扎在了坑壁上，还能再挂一把剑。祭司又让他们用土做船，在船身上雕刻绘画，看谁做的船能浮在水上，最后唯有巴务相的船能浮游前行。众人心服口服，从此称巴务相为廪君。

随着部落人口逐渐增加，地少人多，廪君决定带领全部族去寻找更广阔富饶的地方。他们坐上木船，顺着夷水，浩浩荡荡向西而行。不久来到盐阳，盐水河里住着一位美丽的盐水女神，年轻英俊的廪君一出现，女神便不由心生爱慕，殷勤接待廪君和他的族人，两人相互燃起爱恋之火。盐阳山川富饶，盛产鱼和盐，女神请廪君留居此地，俩人永远生活在一起。但廪君为了部落将来更大的繁荣，最终舍弃了一时的温柔之乡，毅然带着部落的人继续披荆斩棘，后来在夷城一带建立了声威显赫的"巴子国"。廪君死后化为白虎，后代加以奉祀，成为土家人的图腾。

还有一个故事说的是巴子国那年烽火战乱四起，赫赫有名的将军巴蛮子出使楚国借兵，情急之中允诺战乱平息之后向楚国割让三城作为谢礼。岂知将军巴蛮子怎舍得先人留下的大好河山？但将军又是一个极重信义之人，又怎能对楚王出尔反尔背信弃义。于是在战乱平息之后，那将军巴蛮子竟双手砍去自己头颅，留下吩咐送往楚国作为答谢。楚王感念巴蛮子将军忠肝义胆，将他的头颅装金镶玉，厚葬于楚国之地，三城之事永不再提。

古来的风尚漫延于民间，土家人性情憨直，过客投宿寻饭，无不应允；仁侠仗义，知恩图报，一语相投，倾心相交，偶犯忌讳，反言若不相识；彼此有仇衅，经世不能解，有明察者一语剖解，便帖首而服。

土家人对生死的态度庄重又泰然，男孩从会走路就学"跳丧"，女孩从会说话就开始学唱"哭嫁歌"。"跳丧"是一种惊世骇俗的歌舞，送别亡者时，歌者将皮鼓声声擂响，舞者潇洒自如，极为生动，随着鼓槌擂动着的不紧不慢却动感极强的节奏，歌者晃动着身子，忘我得不时地随意将歌唱翻高八度,将人们的情绪带到极致,喷发出生命最炽热的情感。

土家女儿自小就跟着母亲哼唱哭嫁歌,待长大女孩儿出嫁前半月、甚至一个月就开始了哭嫁,夜晚亲人围坐,内容极为丰富,神话传说,历史故事,亲人事迹,女儿的喜悦和伤悲,全在其中。长歌代哭,以哭伴歌,或用长短句,或五言七言,聪明的妹子也可即兴创作。土家女儿刚烈果敢,又柔情似水,或许便是在那一个个吟唱的日子里练就的。

廪君和祖先的故事,还有无数的传说,就是这样在一个个夜晚的吟唱中,来到我们身边。它们传递着祖先的温度,将我们滋养。春去夏来,下里巴人,也和着阳春白雪,就在那一片神奇的山水之间,云蒸霞蔚,繁衍生息。

神农架的秘密

神农溪是从高高的神农架流淌下来的，是一位伟大的祖先洒下的生动甘甜的水，又仿佛是他的孩子，从他宽阔的胸前一跃而下，欢快地蹦跳而去。炎帝神农巍然慈祥地站立在云端，胡须化作茂密的丛林以及藤蔓，想挽住溪流的脚步，但只是搂住了，小溪转瞬间又调皮地挣脱开来，一直往前奔跑，直到流入长江。

所以，在长江边就闻到了神农架的气息，清凉洁净的，带着万千树木和药草的芳香，片刻就让人的心静了下来。从喧哗的都市里忙碌奔波而来的一行人，好生疲惫，好多头绪，见人就想说话，其实自己也觉得大多是废话，但却像刹不住的车，好累却又停不住。城里人都这么一天天生活着。而进到这山里，突然觉得轻松了，即便不说话，身边的人也能从各自的目光里读懂彼此，就像一块原本丢在尘土里的布，被淘洗干净。

住在神农架的第一夜，好几次却猛不丁醒了，久违的安静已让人陌生。家住北京，楼下的大街车水马龙，昼夜从不停歇，人的神经早已因嘈杂而麻木，到这寂静的山林里居然苏醒活跃起来，难以入睡。

索性披衣起床面窗而立，人说神秘神奇神农架，眼前的夜才是最为神奇的，墨汁一般的黑夜里万籁俱寂，只有穿行在山林里的风，将树的琴弦轻轻拨响，好一阵，依稀从夜色中辨认出远方群山的影子，它们就像一个个手挽手的巨人，以亿万年不变的姿态屹立着。

其间藏了多少秘密？谁人得知？

曾经的汪洋大海，而后才成为高山。屈原在他的《天问》里首先问道："遂古之初，谁传道之，上下未形，何由考之？"两千多年前，诗人诞生于大巴山神农架下的秭归，他昂首问天，或许正是云朵之上的这些神秘山峦，引发他无穷的奇思妙想，试问天地最初的情形。

一部《楚辞》成为世界经典，而民间话语就如深山的灵芝顾自生长，在神农架发现的《黑暗传》便是一部讲述天地和人的起源的民间歌谣唱本。神农架人赠送于我这本蓝色封皮的线装书，却是由一位名叫胡崇峻的民间文艺家搜集整理，一位曾在神农架当过修路工而后成为书法家的袁学林近年行书书写而成的，温厚的纸张，稳健灵秀的书法，三万五千字的歌谣，一字字一行行散发着墨香。

"天地合德日月合明，盘古辨混沌苦难救众生，夜有雨露昼为晴，千秋万代转金轮。盘古老祖来分水，手拿一个葫芦瓶。分开葫芦瓢与把，连忙舀水忙不停。一瓢水叫天上水，化作天河雨淋淋，二瓢水作江河水，向东流去永不停，三瓢化为湖中水，湖水不干水族生，四瓢化作大海水，大海鱼龙好藏身。五瓢化作无根水，在山为雾在天云，万物为它养性命。"

这部被称为汉族首部创世史诗的《黑暗传》融会了混沌、盘古、女娲、伏羲、炎帝神农氏、黄帝轩辕氏等许多历史神话人物事件，可谓远古时期的"活化石"。有趣的是，《黑暗传》里充满了口语化、生活化的叙述，诸多神仙圣人吃喝拉撒、交媾生子，扯皮打架，赌狠斗法，跟常人一样的喜怒哀乐，凝聚着芸芸众生对世界的解释与想象。

明、清时期就开始流行的《黑暗传》在许多年里悄无声息，藏匿于民间，它几乎就要重新归于大自然，混同于那些永久的秘密，所幸因当代人的挖掘而得以重现。"民生各有所乐兮，余独好修以为常。""路漫漫其修远兮，吾将上下而求索。"由长江与汉江相拥的大巴山一带沟壑纵横、层峦叠嶂，是浪漫主义的生长之地，也是必须艰辛求索才会有所收获的险峻山地，炎帝神农架木为梯、尝遍百草，屈原上下求索，《黑暗传》代代相传……

这一切，都在眼前的天地之间。

三峡一带的人都将外婆叫"嘎嘎"，小时候住在巴东城的木楼里，嘎嘎时常指着长江对面远处的神农架，说"野人嘎嘎"的故事。娃娃要是不听话，野人嘎嘎就会来抓娃娃，它会一直躲在屋跟前的杉树林里，等娃娃的嘎嘎一出门，就包上头巾捂住脸去敲门，瓮着鼻子说："嘎嘎回来了，快开门。"娃娃刚把门打开一条缝，它就一把将娃娃抱走了，抱到很远的山洞里去了。

后来呢？野人嘎嘎就给娃娃喂奶，娃娃之后也变成了小野人，浑身长满了黑毛。还有呢？娃娃不甘心，哦，真正的嘎嘎回来了，一看屋里娃娃不见了，就知道是野人嘎嘎干的坏事，赶忙敲起了锣。"快抓野人嘎嘎哟！"在大山里喊话是听不清的，有事就敲锣，锣声一响人就都来了！结果野人嘎嘎吓跑了，娃娃被救了回来。

听嘎嘎讲故事时我才几岁，神农架发现野人的说法还远没有形成轰动，这说明大山里早就有过关于野人的传说，只是后来随着人类活动越来越频繁，越想弄明白反倒越难证实，"野人嘎嘎"到目前还只是一个传说。

1983年的秋天，我第一次走进神农架，只见山路弯弯，路侧的河沟里躺满了被砍伐的树料，等着春季的山洪冲到长江边，然后再由那里的工人扎成木排，一直放到长江下游一带的大小城市。山上不时可见穿蓝色工作服的林业工人在紧张地劳动，他们拉动电锯，放倒一棵又一棵松柏冷杉，秃了一片又一片山头。那些没了树的山坡上种着些玉米，长得有气无力的，瘦小的秆子，一阵风便吹倒了。我对原始森林的向往由此大失所望，之后我一直怀疑神农架残留的森林是否还能在工业化到来之时得以存在。

历史上，神农架因为沟谷深切，高低落差大，既有海拔3000多米高的"华中屋脊"，也有海拔100多米的低谷平地，气温悬殊四季花开，早在十九世纪因为极其丰富的植物而在世界上为中国赢得了"园林之母"的称号。爱尔兰人奥古斯丁·亨利最早注意到神农架的植物，他1881年来华，担任宜昌海关的医务官，在神农架一带采集了大量的植物，之后将500多种样本带回英国，送给了大英帝国有名的基尤花园，其中的许多珍稀物种经过培育，后来成为世界著名的园林植物。

这位医务官一生的辉煌不在医术上，而因为在中国的惊人发现名声大噪。他发表在英国《皇家亚洲社会》期刊上关于中国植物物种名单的论文，宣称自己在遥远的中国内地发现了一个"惊人的地方"，那是人类梦想中的"伊甸园"。这个惊人的地方就是神农架。

医务官的论文很快吸引了科学家们的注意，英国当时最为著名的自然学家、植物学家、探险家欧内斯特·亨利·威尔逊便于1899年开始了他的中国西部之行。当时神农架的崇山峻岭里车马根本无法通行、人的攀爬都极为艰难，但这位执着的科学家先后四次深入到神农架的茫茫森林里，冒着随时可能受到野兽伤害的危险，前后收集了4700多种植物，65000多份植物标本，其中有人们最为喜爱的"鸽子花"——珙桐，以及中华猕猴桃的种子。威尔逊雇了二十多个当地人，用三峡人的大背篓将这些数不清的植物背出了神农架，又运到了英国。

后来，中华猕猴桃在这位英国植物学家的改良培育下，成为苏格兰最重要的出口水果。1913年他发表了《威尔逊植物志》，其中有四个新属，382个新种，323个变种。这些大多来自中国神农架的植种立刻在世界上声名远播。神农架再一次造就了一位科学家的辉煌，威尔逊不久应聘担任了美国哈佛大学植物研究所所长，并于1926年在美国出版了激动人心的著作《中国——园林之母》。

神农架，中国为你骄傲。

毋庸讳言，"园林之母"在其后的岁月里曾经遭受过几次重创，但中国人对生态环境的危机感终于渐渐苏醒，神农架人在上个世纪的八十年代中期彻底意识到该说"不"了，他们放下电锯和猎枪，林业工人由伐木人变为守林人，狩猎者变成了动物保护者。眼前的事实是，由木鱼镇到大九湖、华中第一峰……当年所有那些光秃秃的山头已然是绿树葱葱，放眼望去，满山遍野清雅挺拔的冷杉林，还有倔强蓬勃的乔木映山红、粉白杜鹃、灯笼花，以及叫不出名字的藤萝野草。而人们能走进的地方只是神农架的一小部分，在视野之外还有大部分山峦和森林都处在被封闭的保护之中，科学家们认定其为当今世界中纬度地区唯一保存完好的亚热带森林生态系统。

面对那些未曾开发、难以逾越的由森林覆盖的山峦，我想除了科学家，我们宁可多一些敬畏，允许无尽的猜测和想象，而少一些进入。

或许，野人嘎嘎就藏在那些人迹罕至的林子里？

汉代的绝世美女王昭君，当年从她的家乡——神农架流下的香溪河去到京城长安，从春走到了夏，回眸一望，桃花水已成满溪清荷，山高路远，昭君从此再也没有能够回家。而如今的千里之遥只在几个小时之间。现代化给这个被联合国授予世界地质公园的地方带来无数变化。

从宜昌进山的高速路穿过一个又一个长长的隧道，车灯映着洞壁上蓝底白字：3500米、2800米……风驰电掣；神农顶上建着卫星接收台，穿红披绿的游客们用手机拍着美景，瞬间就用微信将所照的图片发到了朋友圈，苍茫的大山与世界的联系只在分秒之间。

万千变化，但科学用另一种语言，证实着大自然的变与不变。1983年，出席国际地质学会的法国、英国、联邦德国、加拿大、澳大利亚、苏联和中国的23位学者对神农架地质进行了考察，认为此地完好地保存着晚前寒武纪的地质结构。原来如此，神农架的顶天立地浩然之气，有着自古而来的巍然不变，它俯瞰华中大地、长江东去，养育着万千生物。

神农架的大龙潭周围，愉快地生活着伴随人类从远古走来的金丝猴群，目前全世界的金丝猴已所存不多，但神农架的猴儿有增无减，与善待它们的人相处甚欢。这些聪明的猴子善解人意，当并无恶意的人走近时，它们会毫不戒备，成群结伙地或蹲或跳，喂猴人站在它们中间，一把把抛撒玉米，猴儿们也不争抢，绅士般地捡起来不慌不忙地塞到嘴里。身材高大的猴王面目威严又颇自得地蹲在高处，小猴儿在母猴身上拱着吃奶，一些调皮的猴子在树上嗖嗖地跳来跳去，一片太平景象。

那天我们来时，一只皮毛光滑的大猴突然就跳到了散文家丹增身边的木栏上，按住了他的肩膀。丹增曾在西藏和云南工作多年，他笑着说："你好哇！"猴点头，似已会意。丹增再开口，用了藏语，我们听不懂，猴却听得入神，与丹增对视着，像是有万语千言。好一阵，猴都将手搭在丹增肩上，不愿意放下。人们催促再三，丹增对猴儿说："我走了，有机会再来看你。"猴嚅动着嘴唇，再次点头。大家走出老远，那猴还一直动也不动地蹲在原处相望，人们无不称奇。

次日晚与当地朋友座谈时，丹增感慨道："那猴子或许是我的祖先，又或许是我前世的恋人。"语惊四座,却是话出有因。在藏文史书《西藏王统记》中,有一段"猕猴变人"的传说记载,相传普陀山上的观世音菩萨命其猕猴徒弟由南海到雪域的西藏来修行,为了度化西藏,猕猴与当地的女子结合,生下六只小猴,小猴长大后,又生下了五百只小猴,如此愈生愈多,眼看树林间的果子也渐渐稀少,观世音菩萨便命老猴到须弥山中取来天生五谷种子,撒向西藏大地长出了谷物。猴子改吃五谷,尾巴渐渐缩短,逐渐进化成人形,这便是藏族的祖先。在西藏有一处名为"泽当"的地方,在藏语里即是"猴子玩耍之地",传说老猴在那里撒过谷,有"藏族第一块田地"之称,至今每逢春耕时节,藏人们仍要到这里抓一把"神土",以保佑丰收。

金丝猴与人的亲密相处,使大家增添了对猴儿们的珍惜怜爱,也增添了对那些曾精心呵护猴儿的神农架人的敬意。那些珍贵的猴群在神农架山林里逐渐增多,自由自在,温饱无忧,相比之下,世界上还有不少动物因为人类的捕杀和虐待濒临灭绝,21世纪的生态问题日渐严重,早已到了刻不容缓的地步。在我们秋季来到神农架的日程里,一个重要的话题是建立"全国多民族作家生态写作营",朋友们从美国作家梭罗的《瓦尔登湖》说到神农架,在这片净土之上,我们有更多的理由呼唤人类对植物、动物的保护,对天空河流山川的敬畏,对生态的了解、研究和书写。

神农架的大九湖传说是天神撒下的九颗珍珠,在高山顶上,这些水色幽暗的湖泊就像蓝色的宝石,不时可以感觉到它们闪动的光芒。湖里还可见到一些秋荷的残叶,更多的却是金色的芦苇,迷茫的花絮招惹人眼,湖的上空布满了火烧云,大团大团的飘浮着烈焰似的云朵,映得湖水半是碧蓝半是红晕。

入夜,一所民居旁搭起了戏台,先是一家网络公司与神农架人宣布共建平台的消息，一位西装革履的年轻人在台上用普通话描述了此番事业的前景，台下的场坝里聚集了好些看热闹的村民，他们大多数是来等着看戏的，戏台两侧早有一些穿彩服的演员走动，道具箱堆放在民居的土墙旁，一个套在脖子上的围鼓让人看了新奇，有位朋友忍不住试了试，旁边老人说："你拿倒了。"大家都笑起来。

演出的节目有流行鄂西一带的山歌《妹妹你来看我》、皮影子戏《穆柯寨》、堂戏《七仙女和董永》等，最为郑重的是神农架的梆鼓，四个穿着白底黄边对襟褂子的中年男子上得台来，一边敲起手中的锣鼓，一边唱道："锣儿本是黄铜打，暗合太阴与太阳，锣槌一个鼓槌一双，让我四人进歌场。"接下来唱的正是大书《黑暗传》中的片段："神农出世生得丑，头上长角牛首形，父母一见心不喜，把他丢在深山里，山中遇着一白虎，衔着神农回家门。"

夜里的大九湖寒气上升，温度与白天相比至少低了十度，我们一行人坐在露天的长板凳上，听着梆鼓子，却不觉夜色已浓。同来的一行人中，只有我与这片土地最为熟悉，乡音让我解得其中的好些妙处。梆鼓唱到白虎救了神农，便是一件大事，土家人将白虎奉为图腾，神农在这一带也被土家人认为是自己的祖先。这里面有许多讲究。

但见一轮明月渐渐升起，斜挂在这民居房顶后的树梢上。房顶已有些破烂，一蓬野草冒出房檐，但屋后的天边，那冉冉升起的月亮，将这幢茅屋勾勒如一幅奇美的古画，让人不禁想起明代著名画家沈周的一些传世之作，如《夜坐图轴》，画的正是松林之下一茅舍，于奇峭山色、小桥流水之间。那古画的清雅天然，恰似这眼前的情景，让人叹息，究竟是那画高妙，还是眼前的山水高妙呢？

茅舍旁却是这户人家修的新楼，一位头上裹着帕子的农妇倚在门前多时，一边看台上演戏，一边照看着房前屋后，眼见她转身进屋的当儿，我也跟了进去，只见屋里火坑烧得正旺，土墙上挂着一排腊肉，吊锅里热气腾腾。她招呼我们坐下，问喝不喝茶？神农架的人都是见客进门就要筛茶的。于是跟她聊起来，问她为什么不住新屋，她说让给儿子一家住了，她觉得还是旧屋好。

话说着，门外的戏台上一阵锣鼓铿锵，不由跟了出去，一抬头，屋顶上的月亮已升得更高了。月亮周围浮动着白白的棉花般的云朵，湛蓝的夜空，云朵那细密的绒毛也竟然是一清二楚，仿佛一伸手，就全都能揽在了怀里。

身在神农架，果然感觉与天地近了许多，可从古到今深藏其间的无数秘密，人们又解了多少呢！一次次来，一次次增添更多的敬畏。

由田土司想到梅兰芳

田土司是清朝年间恩施土家人的土司。

在北京,常对我的一些朋友说起恩施,说那地方位于鄂西,长江流过,朝辞白帝彩云间,即进入了恩施的地界。屈子吟诗沿江走来,路漫漫其修远兮,吾将上下而求索。而百姓更爱听下里巴人的竹枝词,土家苗人两山对唱,东边有雨西边风,桃女提篮过江东。让人想不到的是,还有更远的痕迹在 215 万年前,那几乎是人类诞生的一缕曙光,恩施喀斯特地貌的巨猿洞里,曾经居住过直立人。

过去到恩施,或是从恩施到山外,要走很远的路。但明清时期的恩施容美土司代代爱好风雅,常约请一些有名的文人墨客到山里喝酒吟诗作画,还将孔尚任的《桃花扇》排演。《云亭山人漫记·桃花扇本末》载"楚地之容美,在万山之中,阻绝放境,即古桃源也。其洞中田舜年,颇嗜诗书。予友顾天石有刘子骥之愿,竟入洞访之,盘桓数月,甚被崇礼,每宴必命家姬奏《桃花扇》,亦复旖旎可赏……"孔尚任因此与土司田舜年结下很深交情,时常相互赠诗,诉说衷肠:"离骚惹泪余身世，社鼓敲聋老岁华，爱把奇文熏艾纳，胜游异哉拜毗邪。"

北京城里的皇城根下，以及六朝古都的秦淮河边，把女人上台看作是严重忌讳的年代，清代文人顾彩却在他的《容美纪游》中写到了这样的土司城里的情景："女优皆十七八好女郎，声色皆佳，初学吴腔，终带楚调。男优皆秦腔（所谓梆子腔是也），反可听。丙如自教一部，乃苏腔，装饰华美，胜于父优，即在全楚，亦称上泗。"想来，在山峦叠嶂的鄂西大山里，萦绕着或优雅或铿锵的南腔北调，是非常有意思的事情。

在年轻的土家女子学唱吴腔楚调若干年之后，梅兰芳才男扮女装地走上了戏台，我没有留心，梅先生是否排演过《桃花扇》这出戏，因此无法拿田土司的女优来比较，但私下一直认为，女人还是女人来演比较好。因为靠女子的才能，完全能做好表现自己这件事，何苦劳烦男人来费心揣摩呢？男人恐怕更多要揣摩的是如何做好一个男人，仅从这个意义上来讲，我比较赞赏田土司。

到了抗战期间，恩施成为天堑抵挡的后方，全国各路文化人纷至沓来，借这块宝贵的安全之地表现激情和才华，风云际会鄂西南。在当年的记者节上，借着捐赠"记者号滑翔机"之时，由抗敌演剧六队与青年剧社合作排演的《心防》，表现上海一群文化人如何在沦陷的孤岛上与敌寇汉奸相持的故事。"剧本没有噱头，没有恋爱，装置既不华丽，又没有漂亮的服饰与化装"，但仍然吸引来十分拥挤的恩施观众。一位叫易水的先生在迁到恩施的《武汉日报》上发表剧评，写道："这便是恩施剧坛已经走向现实主义演出的结果！它已经摆脱了欧化的演出。"

既然都已经讨论到欧化了，那些曾经华丽过的戏剧音乐也一一在恩施展露，从法国回来的女高音歌唱家的高跟鞋踏响在山城小小的巷道里。还有将军叶挺和他穿着旗袍、面容姣好的夫人并肩漫步在小街上，虽然身后跟着大群特务警卫，但恩施人完全可以近距离地看清将军的浓眉。他们创造了某种氛围，让本来开放的土司文化与外来文化水乳交融。至于这些文化如何影响了后世，留待众人评说。

久远的土司文化让人想到，物质丰富交通便利的中心城市并非也就是文化的中心。城市或许只是将许多文化的表现罗列在一起，透过表层的喧哗，常常可以感到其底气的不足，因此不必向它们顶礼膜拜。而偏远地区的文化未必就是落后愚昧的代名词，或许我们应该更多注意到文化差异带来的不同特色及底蕴，而避免简单地评价高下和优劣。

其实在我身边的都市文化里，就有着小小恩施的脉动，比如前几年突然风起云涌的"土家掉渣烧饼"，就是恩施土家姑娘的杰作，一夜之间红遍大江南北，又在很短时间里销声匿迹。这样的出现和消失对于都市来说司空见惯，但花开花谢其实都沿由它的根蔓。中国城市化兴起的背后，是无数个"恩施"的支撑。

来自不同的"恩施"的文化供养着日益庞大的城市需求，在电视屏幕上，我们从来没有这样密集地听到"中国民歌"，以至听得都快忘了王洛宾。黑土地的赵本山带着他的小品、二人转和刘老根，端给亿万观众一道道东北菜，火爆得他都有些不好意思。更别说一个声嘶力竭的阿宝，搭块白毛巾就跟美声男高音唱在了一起，不那么好听也不那么难听。东北的恩施西北的恩施，都市文化就是这样建构起来的。

而显然，有某些更珍贵的东西在被人们忽略，除了日见增高的大厦、越来越快的火车飞机高速路、修饰华丽的梅兰芳，还有什么更为遥远更为深沉的呼唤，在我们心上沉甸甸地划过呢？每天去到后海大翔凤胡同的《民族文学》杂志社，那一带是梁思成的北京建设方案遭到否定之后，大批的北京古建被拆除，仅存不多的老北京痕迹。会碰到一群群从陕西来的三轮车夫拉着老外从胡同里穿过，他们大声大气地给老外们说，胡同这一词呀，来自蒙古语，水井的意思。又说这大翔凤胡同啊原来实际上叫"大墙缝"，可不是，窄窄的一条。大墙缝里的民族文学，挺有意思。

武汉黄鹤

身在武汉,却没有登过几回黄鹤楼,没有别的原因,只因为对它的感觉太熟了。无论南来北往,只要一走近长江大桥,那高耸在蛇山之上的黄鹤楼便会端然闯入你的眼帘。

从某种意义上说,黄鹤楼几乎就是武汉的象征,你到了武汉见了大江,就得见那黄鹤楼。

武汉这城市分为汉口、汉阳和武昌三镇,分别由长江和汉江分隔而成。长江两岸又各有一座古老的山,北岸的叫作龟山,南岸的叫作蛇山。两山隔江对峙,留下了千古佳话,"龟蛇锁大江",便是取其意。建于五十年代的长江大桥将龟蛇连接起来,从龟山这边看黄鹤楼是正面,这楼会随着你的走近而显得顶天立地,难以言说地宏伟气派,而从蛇山下看黄鹤楼,那楼则显得孤傲神秘,蕴藏着无尽沧桑。

不管你怎么看,黄鹤楼只是无言地耸立着,以它的千古风流、庄严深厚不断吸引着一代代人的目光。

古往今来,中华大地上存在过许多美妙绝伦的亭台楼阁,它们中的大多数都被埋入了岁月的尘埃，像黄鹤楼这样有着1700多年历史的已不多。黄鹤楼与江西的滕王阁、湖南的岳阳楼并称为江南三大名楼，可谓万古流芳，得感谢历代的文人。

试想，如果不是唐代诗人崔颢写了那首诗，又如果不是李白对崔颢的诗发生兴趣，黄鹤楼还会不会有这样的名气？还会不会若干次颓毁又若干次被重建？

黄鹤楼自有一派仙风。

《南轩记》里称"黄鹤楼以山得名"，山即蛇山，原名黄鹄山，古时鹄鹤通用，那山平地而起，蜿蜒而行数千尺，其首隆然，就像一只黄鹄扑向江心。黄鹤楼原先就建在伸向江心的黄鹄矶上，其险峻可想而知，不像现在长江变作了通途，蛇山已显不出当年的巍峨。那楼兀立江头，高出云表，楼借山势，凌厉挺拔，眺望大江彼岸，芳草葳蕤，烟波涟涟，便看得些好风景，上观青天，俯拍云烟，把酒当歌，哪有不豪放潇洒之理？

端的是"红尘不到，羽客翩翩，曰王曰费，荀仙吕仙，梅花三弄，响遏云边，骚人韵士，翰墨结缘……"，王维、贾岛、李白、白居易等人先后到此写下诗篇，称道是"高槛城楼势若飞，孤云野水共依依。楚会胜概，悉钟于此"。崔颢也不由得慨然写下一首七律："昔人已乘黄鹤去，此地空余黄鹤楼。黄鹤一去不复返，白云千载空悠悠。晴川历历汉阳树，芳草萋萋鹦鹉洲。日暮乡关何处是？烟波江上使人愁。"

偏偏李白后来又登此楼，读到崔颢的诗，当即扔下手中如椽之笔，呼道："一拳捶碎黄鹤楼，一脚踢翻鹦鹉洲，眼前有景道不得，崔颢有诗在上头。"实在是夸崔颢把这楼写绝了。后人在黄鹤楼东侧修建一亭，叫作李白搁笔亭。

经过李白这一渲染，黄鹤楼名声大振，以后的历代文人雅士纷至沓来，吟诗作画，尽管历史的长河不知湮没了多少风流，但现在搜集到的历代著名文人有关黄鹤楼的诗词就达一千多首。

除了诗词书画，还有许多关于黄鹤楼的神话传说，给这楼增添了魅力。流传最广的是仙人乘鹤而去的故事，这故事有各种版本，有人说："其山断绝无连接，昔有仙人，控黄鹄于山。"又有人说："黄鹤楼在黄鹄矶上，仙人子安乘黄鹤过此。"至于这仙人，有说姓王，有说姓窦，又说是费文伟，或是荀叔伟，再到后来则说是吕洞宾。

现在的人们比较愿意相信是吕洞宾，因为这道士除了乘鹤，还有许多常人的情趣，比如他嗜酒如命。吕洞宾号纯阳子，两举进士不第，后来就干脆做了道人，游历于洞庭湖泊之间，在武昌曾写有《鄂渚悟道歌》。他常在蛇山一带喝酒，当时有一姓辛的人开了座酒楼，吕洞宾每每在此喝得酩酊大醉，辛氏从来不索酒资。吕洞宾心为所动，临走时用一块橘皮，有说是西瓜皮，画了一只鹤在壁上，对辛氏说客人来了以后，可以拍手引之，鹤当舞。

吕洞宾走了以后，辛氏拍手招引，那鹤果然从墙上飞了下来，翩跹起舞，客人们齐声喝彩。酒楼生意自是十分火爆，姓辛的老板为此发了大财。十年后，吕洞宾再次来到辛氏楼下，取所佩铁笛吹响，白云飞来，鹤亦下舞，吕洞宾跨上仙鹤远去，再也没有返回。

这楼从此就叫黄鹤楼。人们都很喜欢这个美而奇的传说。

而用老百姓的话说来则是："四川有座峨眉山，离天只有三尺三。湖北有座黄鹤楼，半截插在天里头。"

多年前，我在湖北作协所办的文讲所里学习，就在蛇山附近，每每吃过晚饭以后，便会慢慢地爬上山来，沿着山顶的小径一直走到黄鹤楼前，那时楼还没有修好，还是一片工地，远远地看去，不知楼会修成个什么样子。

后来读了些书，才知道黄鹤楼的建造其实早在唐代之前。有记载的始建于三国时吴黄武二年（223），那时的黄鹤楼是用来打仗瞭望的哨所，想必是很简单的大江之上的一个草棚竹寮或是小木楼而已，到了唐代才有了规模，宋元明清各代几建几毁。今天的黄鹤楼1981年破土动工，耗时四年建成。

　　唐代的就不说了，据有关记载，宋代的黄鹤楼是一组建筑群体，有主楼有配亭，过小轩穿曲廊，有步移景换之妙。到了元代，黄鹤楼至少重修了两次，有两幅名画中可以看到当年的模样，一是永乐宫中的壁画，表现吕洞宾在黄鹤楼前的情景，可以看出那主楼分两层，楼前有观景高台，楼与台之间有旱桥相连，背后是高山茂林，彩云瀑布。另一幅是元夏永界画，主楼也是两层重檐，前有门厅，后有远山。明代黄鹤楼被火烧过三次，重修过两次，当时有一个叫安正文的人做了细致的描绘，说入口有牌坊一座，两侧锁以粉墙，松石回护，水绕云横，主楼两层，立于高台正中。楼侧辅以四方小厅屋，高低错落，如众星拱月。

　　清代的二百六十七年间（1644—1911），黄鹤楼重建过五次，四次毁于大火。清代的黄鹤楼突破了唐宋元明四代的模式，主楼基本上借鉴了宝塔的风格，只有角多角少之分。从同治七年留下最后一座黄鹤楼的照片来看，那楼有三层，呈四角形，削去四角又成十二角，层层檐角上翘，上有攒尖顶，屋顶骑楼系荆楚建筑特色。八窗洞开，视线角度可以变换。乾隆皇帝曾题匾额"江汉仙踪"。

　　新建的黄鹤楼，选址于蛇山"中峰倚红日"的地方，在众多个设计方案中，最后确定还是沿袭清代的风格，设计理念是壮、美、神、奇。这楼建成后还曾在学术界引起过一场争论，有人批评说楼的体量与山的比例不当，有假、大、空之嫌，而且楼的颜色采用的黄色突出的是所谓皇家气派，与老百姓的审美取向差之甚远。当然也有人对此观点给予了坚决的反驳，认为自古以来黄鹤楼的特点就是壮而美，如若不在适当的范围内扩大比例,就会显得太小气,至于说颜色,黄色也并非皇家独有,黄之鹤的印象千百年来已深入人心,没有比黄色更恰当的颜色了。

其实无论哪种看法,表现出来的都是人们对黄鹤楼的极大关切。用一位业内人士的话来说:黄鹤楼不仅是武汉的,也是中国的,甚至也是世界的。

进入黄鹤楼公园的大门,在第一层平台上可以看到有一座白色的的胜象宝塔,民间传说为孔明灯,说是当年孔明点此灯为江上的关羽指点航向,实际上那是东南亚一带佛教传入中原留下的痕迹。

沿着青石台阶拾级而上,迎面便见一座高大的牌坊,上题"三楚一楼",两旁曲廊明轩相接,廊尽头又各有一亭,北为揽虹,南为瞰川。两亭之间突现出一片米黄色的页岩,蛇山真实面目可见一斑,石栏围护,内设一池,黄石间竖立铜铸雕塑,基座为龟与蛇,龟背上立黄鹤两只,一只低眉,一只远眺,相依相偎。

再上得第三层平台,即为黄鹤主楼了。

那楼果真雄伟,由七十二根粗壮的柱子支撑,高 51 米,外观为五层,实际上每层之间又加有夹层,内部则有十层。从台座到顶层,采用花岗岩和大理石铺垫,虽然以现代钢筋混凝土建成,但却有古典木结构的质感。周边呈曲尺形,重檐翼舒,外廊回绕,可停可望,层层斗拱飞檐,飘逸若飞。楼四周上下交错,有六十个翘角。上有屋脊鱼尾,下有角梁龙头,周围有若干金色风铃,清风吹来,铃儿便会摇起一阵阵清脆。

楼顶是一葫芦形宝瓶,全高约五米,含一颗红色球形灯,夜来如明珠熠熠闪光。楼的正面有书法大师舒同手题"黄鹤楼"三个贴金大字,其余三面分别为"楚天极目","南维高拱","北斗平临"。

走进一楼大厅,最醒目的是正厅前方的陶瓷壁画《归鹤图》和立柱上那一副楹联：爽气西来，云雾扫开天地憾；大江东去，波涛洗尽古今愁。夹层设有陈列室，展出历代黄鹤楼的风貌图片和文献。二楼的大理石墙面上刻着《黄鹤楼记》，两旁的壁画一为孙权筑城，一为周瑜设宴，画的都是三国时期人物在黄鹤楼上的故事。三楼的大幅壁画则再现了李白、崔颢、孟浩然、白居易、王维、贾岛、杜牧等十三位唐宋名人和他们关于黄鹤楼的部分诗句。

上得五楼，又见四壁以"江天浩瀚"为主题的组画，显示了长江万里情。立柱上的楹联是：一楼萃三楚精神，云鹤俱空横笛在；二水汇百川支派，古今无尽大江流。走出楼门，凭栏眺望，江水滔滔，大桥飞架南北，蛇山缭绕，绿树郁郁葱葱。武昌首义纪念碑，孙中山铜像，岳飞亭、搁笔亭与仙枣亭等尽收眼底。远处的狮子山珞珈山洪山排队而来，波光粼粼的东湖南湖沙湖如颗颗玉珠，令人心旷神怡。

登黄鹤楼，因了它的沉稳，可以使你一时间忘却尘世中的纷繁喧嚣，情不自禁追古思今，思考起如生命的存在和价值、社会的发展演变这些形而上的问题来。不过这些思考与黄鹤楼比较起来，终究显得浅薄和贫乏，你越想越觉得那山那楼让人肃然起敬。

仙人一去不复返，然而《黄鹄山题词》中有一句话说的是："此山此楼，终古岿然。"

长江西流

在这里,在古来被称作云梦泽的南方,长江滚滚而来,气势磅礴地扑向东方,但穹庐之上像是有一只神来之笔,在这片大地上画出一个巨大的几字,江水便突然温顺地回过头来,竟然西流而去。或许也是因为对这片土地的喜爱和依恋,它一直浩荡但平缓地流动,几乎与大地平行,漫延了三十余里才又开阔而又拓展地绕过身来,朝向它应当去往的东方。

这里叫作嘉鱼簰洲湾。

天下人来到此处,没有不为这罕见的大湾而惊叹的。儿时的我生活在长江三峡,后来随父母去往武汉念书,常从巴东小城的码头上船,经过激流湍急、险滩密布的巫峡、西陵峡,轮船一路摇晃着冲出峡口,滑入平阔的江水,继而便可见两岸一望无际的江汉大平原了。在水天一色的风景中,轮船的行走变得不疾不徐,平静笃定,直到一天一夜之后,突然会听到有人在舱外兴奋地叫喊:到嘉鱼了——!

那正是轮船经过这道大湾的时刻,人们大都不知晓湾的名字,只知道这是在嘉鱼县境内,而此地离武汉已是很近,只要过了这湾,便似乎进入了武汉的门户,几十公里外的武汉关转瞬即到。俗话说:"簰洲湾,弯一弯,武汉水落三尺三。"千百年来,簰洲湾即是武汉防洪的天然屏障,这"几"字形的大湾,形状又天生就像是中国古时的一把大锁,在长江要道上,为九省通衢的华中重镇把住了最为临近的一道关口。

记得轮船呼哧呼哧地绕湾而行,正是黄昏之时,西去的太阳原本挂在船尾,却在不知不觉间出现在了船头,船上的人们都仰视前方,似乎近在咫尺,转眼就会与那夕阳并行,可轮船行驶了好一阵,那金黄的夕阳却是离人的目光越来越远,兀自抖擞着,遥不可及地悬挂在江面上,只染得一江水波金灿灿的,荡出亿万条金线,看花了人的眼睛。正当人们恍惚之时,轮船已渐渐走出了西流的江面,绕过几十里的大湾,但见那夕阳终究又回到了船尾。

一时间,圆圆的火球跳动了几下,被大江无限的吸引所牵扯,拉长,又弹回去,再拉长,最终恋恋不舍地溶入大江之中。那一江波涛顿时拥抱了它的热烈,行走在江上的轮船也感觉到了,船尾激起丈余高的白浪,如一条条蛟龙上下翻腾。少年的我痴迷地追随着太阳,从船头到船尾,站在白浪之上,一直盯着那大湾以及岸上的房屋、江边一片片芦苇渐渐远去,渐渐消失。

多年以后,我听说这道大湾更多的故事,知道了它的名字叫簰洲湾。"惟楚有材",楚人对地名的讲究由来已久,如嘉鱼,县名竟取自《诗经》,"南有嘉鱼,烝然罩罩,君子有酒,嘉宾式燕以乐",古老的诗经,赋予嘉鱼高雅的美名,而簰洲湾一名则出自民间的创造,与那片土地与江河之上的生计相关。

从前,簰洲湾江边大小码头林立,江上船帆来往如梭,连接周边的洪湖、岳阳、洞庭湖、武汉以至长江之流向更远的城市、乡村。

江流环绕的大湾沙洲，成就良田沃土，相传于唐代便逐渐开垦，明代初期已成为邻近各县及川、湘几省的贸易市场与集散地，又因岸陡水深，北风难袭，造就难得的避风良港，到了清末民初，簰洲已俨然成为相当繁华的商埠，车载船运，更有无数竹簰在江上游走，灵活俏劲，增添了一道道风光，难怪被人称作"小汉口"。

　　去年秋天的一个日子，我和几位朋友乘车专程去到了簰洲湾，少年时只从江上眺望过它，曾经在脑海里多次想象，那岸上人家的光景，是如何桃红柳绿，稻米飘香。而眼下更想知道的是，这道湾曾经在1998年经历了一场惊涛骇浪的劫难，二十多年过去，如今什么模样？

　　浩荡的长江恩泽众生，但大自然的脾性也有恼怒和伤悲，甚至狂躁到毫不留情，1998年的长江就是那样一副狰狞的面孔，它似乎是将积攒了百年的眼泪一股脑儿倾泻，化作滔天洪水呼啸而来，奔出三峡，在这临近武汉的簰洲湾，撕破了一处江堤。

　　那是一个漆黑的夜晚，狂风暴雨之中，簰洲湾沙洲上居住的几万人还来不及惊恐，四周便已成一片汪洋，眼看咆哮的洪水就要危及不远处的武汉城，在解放军舍身忘死的支援下，人们展开了与洪水的殊死搏斗，堵住了江堤缺口，长江下游城市和乡村得以平安。

　　那一场壮烈的抗洪救灾，让世界知道了簰洲湾，也让簰洲人撕心裂肺地领略了生死的熬炼和大自然的残酷威严，在之后的岁月里，痛感要珍惜家园，保护江河。

　　洪水过后，簰洲湾40多公里大堤很快全面整险加固，堤高由原来的31米增加到33.6米，堤宽也由原来的5米增到8米，堤身采用了最为先进的技术，从内部灌注水泥，使其坚固如铁。

　　每到春天，在当年溃口的沙地上，簰洲人都会和他们最崇敬的子弟兵一起，栽种下一棵棵绿油油的杨树。那杨树扎根大地，长得快立得直，当年曾挺立于洪水之中，救过许多人的性命，如今江畔几万棵大树郁郁葱葱，就像一排排刚劲挺拔的卫兵，日夜守护着大堤。

村民们大都搬进了政府为他们盖的新居，一幢幢两层高的小楼周围也都栽满了杨树，还有香气芬芳的茉莉花。

四十年前，"簰洲一条堤，家家打芦席"，生产力低下，湾内没有电，夜间照明、汛期巡堤全靠一种乡间烧制的"夜壶灯"，灌满油，壶嘴上塞坨旧布，点燃之后有一点微弱的光亮。后来大家凑钱建起了第一座变电站，将就一台旧变压器，电线由村民自行绕接在树枝上，总算每家农户点亮了一盏灯。而眼下的簰洲湾已经历过三次电网改造，每户人家的均配变容量已达 2000 多瓦，较之从前增加了近 200 倍。这看似简单的数字如跳动的音符，弹奏着簰洲人的生活奏鸣曲。

古老的沙洲夜晚从"夜壶灯"到灯火通明，火树银花，人们借助科技的力量，一步步从传统农业走向现代农业、生态农业，万亩水田从育苗到种植、收割、烘干、脱粒一条龙，蔬菜、水果种植无污染，专业合作社源源不断地将各种鲜活的农副产品送往远方。

南方有嘉鱼。

长江流经这道大湾，水势明显变得平缓，芦苇丛生，鱼儿跳跃，在此久久徘徊逗留。

名贵的刀鱼、鲥鱼、鮰鱼出没其间，青鱼、草鱼、武昌鱼等数十种鱼儿更是常见，还有一种从未听说过的，叫"子午鱼"的鱼，当地渔民说它平时在水底，只在子时和午时出现，又叫白鲶鱼，柔嫩美，为它编织了美妙的传说，流传于民间。

而特别令人向往的是，被称作"水中大熊猫"的白鱀豚也曾偶尔在这道大湾的水中显露，这一极为珍贵的物种对水质和生态要求非常高，据多次勘察早已濒临灭绝，不知是否还能再现？

走进新时代，经历过劫难的簰洲人为了保护长江，将湾内的大小码头一举拆除，大大减少了污染，江水更显祥和，鱼儿们与簰洲人一样，与大江相伴，绵延不断，给这一方水土带来无穷的生机。

站在簰洲湾的西流处，举目望去，平静的江面上几乎见不到浪涛起伏，只有一道道美丽的波纹在霞光中颤动，江边的芦苇黄叶灼然，一派秋色。沿江的漫道上行人三三俩俩，自得其乐，似随性而为，或走或停。远处，在当年轮船经过的江上，一座新建的大桥连接起嘉鱼及簰洲湾，使这沙洲直接进入了武汉城市圈。

眺望中，不由想起来到嘉鱼之后读到的明代诗人韩阳为簰洲所写的一首诗，其中道："年去年来不少休，才过京口又簰洲，明蟾东上团团夕，大水西流耿耿秋。"岁月如舟，但有如此西流，得以再看少年景象，添了欣喜，也添了乡愁。

有道是，千古长江第一湾也。

致鱼山

那年的冬天很冷,白雪覆盖的平原大地悠远舒展,我和妹妹在冰雪中辗转千里,向着山东东阿而行。在南方温润的山水里长大,第一次感到北风的凛冽,但我们心里却热乎乎的,因为是回东阿,回鱼山村,从小就听父亲说,那是咱们的老家。

父亲平素严峻而不苟言笑,唯有提到他的家乡,脸上的表情才会立刻活泛起来,他会说到阿胶,说到鱼山村的黑枣树,黄河的大鲤鱼,父亲的描述是一幅幅让人向往的图画,成为我们儿时的骄傲。

少年的伙伴会问,鱼山在哪里?

鱼山在东阿,东阿置邑,始见《春秋》,东依泰山,南临黄河。黄河绕着鱼山盘旋东流而去,当年的东阿王,一代风流才子曹植安睡于斯,他的诗情浸染着山脉土壤,使黄河在此缠绵,鸟儿盘旋呢喃,因此老家又有喜鹊之乡的美称。相比天下无数名山大川,鱼山只能算一座小山,但山不在高,有仙则灵,有多少风流尽在此山。一代英主汉武帝曾站在鱼山之上,慨然吟唱《瓠子歌》:"瓠子决兮将奈何,浩浩盱盱兮间殚为河。殚为河兮地不得宁，功无已时兮吾山平。吾山平兮钜野溢，鱼拂郁兮柏冬日……"

鱼山古来又叫吾山，汉元光三年，黄河在这一带决口，东南注巨野，入淮泗，令无数百姓流离失所，汉武帝先是发动十万人堵决未成。后又再次东巡亲临鱼山，沉白马玉璧于河，祭祀河流然后命文武百官及随从都去负薪背柴，塞河堵决。太史令司马迁随侍武帝，也亲身体验了负薪塞河的劳苦，文武百官和数万民工在武帝的亲临督责下奋勇争先，最终堵塞了为害多年的决口。司马迁将此记入了《河渠书》，载入《史记》。

古往今来，父亲的鱼山有说不完的故事。但在很多年里，父亲仅回过两次家乡。他从1947年南下去到湖北，因为种种原因，直到1957年才回了一次鱼山，第二次更是在三十年之后。

父亲的乡愁刻在他的额头上，穿梭在他与鱼山的一封封家书里。每逢中秋、春节，他会独自一旁，狠狠地抽烟，直到自己在烟雾中呛得剧烈咳嗽起来。他虽一语不发，但我们都知道他是在思念故土，这多少次地激起我们对鱼山的向往，去往东阿，去往鱼山，成为我们儿时的梦。1981年春节，我和妹妹提出要回老家，父亲仍然无法分身，但他对我们的提议兴奋又担心，从湖北恩施经武汉、泰安到东阿，再回鱼山，漫长的路程啊，父亲热切地帮我们设计了好几条路线。

我们一路辗转，1981年除夕前的黄昏，我们坐着泰安的班车终于摇晃着进了东阿县城。

夜色似乎就在那一瞬间降临，看不清这座老家县城的模样，一片银白的世界里，隐约只见一排排低矮的房屋，房顶上小小的烟囱冒着缕缕白烟，一个个窗口射出黄色的灯光。我深深地吸了一口气，那不同于南方的湿润，带着煤烟和柴火味道的空气陌生而又亲切。我想，那些灯光下就有我的亲人，他们与我不再是远隔千里，我们近在咫尺，或许我的一声呼唤,他们就会从那些温暖的窗门里探出头来,用父亲的口音询问:"那是广兰吗?"

房广兰是我的原名,是出生时,父亲依照鱼山村房氏的排行给取的名字。当晚住在县城车站对面一家旅社,睡梦中果然听得有人叫:"广兰!广兰!"令人血脉贲张,即刻惊醒过来冲到窗前,天已蒙蒙亮,楼下的街面上哼哼嘈嘈的,车站门前人来人往,一溜小摊炸油条卖煎饼,香味随风飘来。那年月没有手机、网络,只有长途电话或者电报,我们临行前从邮局给二叔、六叔和大哥广民发了电报,说了回来的大概日子,他们竟沿街一家家旅社寻来,呼唤着:

"广兰,广兰!"

一声声,一声声,我说:"哎!哎哎!"

一个男子手里捧着一堆油条,出现在楼梯口,一边张望一边呼唤,我一边答应一边迎上去,只见他酷似父亲的国字脸,端正的鼻梁,一双山东人细长的眼睛,戴着一顶塌了帽檐褪了颜色的蓝帽子,瘦瘦的,衣服在身上晃荡。大哥——!我们只从照片上见过他,父亲离开鱼山南下时,他才一岁多,他在鱼山长大,种地养家,娶妻生子,这一切,离我们很遥远,但我们血脉相连,又是这样近,他是父亲的儿子,我们是父亲的女儿,我们都是鱼山那根古老的根系上结出的果。广民,我们的哥哥,我们相互打量,他欲笑却含着眼泪说:"妹妹啊?"我们说:"大哥!"

大哥伸出手,说:"妹妹啊,你们快吃果子,趁热。"我一眼看见他的手,冻裂的伤口红红的,冒着血丝,我握住他的手。大哥说:"妹妹呀,咱家走。"

从那以后,我们常家走。

渐渐地,我看清了东阿的模样。第一次来到鱼山时所见的冰雪覆盖,此后揭去了面纱,原来黄河如金,夕阳下粼粼闪光,千百年来,这条桀骜不驯的巨龙,它的血性它的刚烈它的澎湃滋养了万里荒原世代生灵,而多半时候,它沉着祥和,呈现一种大智慧,大气象。

鱼山百年河堤之下,是房家老宅,大哥的家。我从老宅漫步爬上河堤,旷野寂静,但有风声河水声传递着千年故事,那造字的仓颉、盖世的项羽、风华绝伦的奇才曹子建全都最终归于东阿,是天地的吸引,还是风土的眷恋,历史的偶然?抑或只有这片土地的深厚才容得下如此的英雄豪杰,如此的千年雄风?

我问风,风拂过我发烧的脸庞,像是慨叹;我问河,甚至赤足蹚进河水,它们细小地绕过我的脚踝,不加逗留,不加理论。事实上,齐鲁大地自古以来便是大雄大儒荟萃之地,它吸纳了黄河从青藏高原一路携带而来的百般滋养,那是连接天际的雪山之水,红土地黄土地绿色土地万种灵物之气,浩浩荡荡,仰之弥高,钻之弥坚,因此成就了无数仁人志士,留下了他们的精魂。

沿黄的东阿,莫不如是啊!

房家老宅正式确定由大哥继承,经过了一场严肃的家庭会议,威望很高的二叔原本也住在老宅,我父亲未能回来侍候他们的父母,连给二位老人送终也都是二叔一手操持,但在家族商讨老宅的最后主人时,二叔六叔,还有打小闯关东从吉林赶回来的四叔五叔,都一致认为应该给长房,既然他大爷——指我父亲,不能回来,那就交给长孙房广民。他们按照传统的做法写下了一纸合约,当着中人的面,郑重地各自按下了鲜红的手印,界有多宽,房有几间,写得清楚明白。

老宅其实不大,北房三间,东西厢房各两间,还有一马棚,大哥养了一匹马,赤黄相间,孔武有力,大哥用它拉石头。后来我们才知道,大哥拉的石头采自鱼山,那些年,刚刚松开束缚的农民开始跃跃欲试发财致富,得弄点钱儿啊——大哥说。他的二小子沉默寡言,一身好气力，每天早起先是呱唧呱唧从院子的一口深井里打上水来，自己喝也给马饮，然后大铡刀咔嚓咔嚓，铡出一堆新鲜草料，马吃过草之后，大哥便给它套上马具，拉出一辆架子车上了鱼山。大哥将鱼山的石头卖给修房的庄户或是城里人，每立方挣2块钱的力资。

但后来，大哥和乡亲都意识到鱼山的石头一块都不能再动了。那山的东侧经过多年开采已成一面绝壁，再挖就要破了风水。事后若干年，他们一次次后悔，鱼山怎么能挖呢？大哥卖了他的马，眼神里久久不舍。他的两个儿子，一个在湖北，一个去了东阿县城，接他去，但他只是转一转便又回了鱼山。他仍然瘦长的身个，在麦地里逡巡，不时到父亲的坟前看一看，用铁锨培上几锨黄土，用力拍紧。

麦田里的大哥，守候着安睡的父亲。

父亲终于回到了鱼山，带着他始终的眷念。那年父亲归去，大哥赶到南方，与我们商量之后决定将父亲的魂魄接回东阿，让他安歇于黄河岸边、鱼山脚下，自此我便常常回到老家看望。去的时节常是在春天，鲁西平原上的麦苗青悠悠的，年年岁岁就这么随风而长，可以想象它们抽穗、饱满，散发出庄稼的香气；还有玉米、高粱、棉花、黄豆、黑豆、花生，还有苦地丁、马齿苋、蒲公英、节节草，它们与一代代鱼山人勤勉相守在大地上。

我们在村里串门，阳光明媚的日子，二叔拿出一本鱼山房家的族谱让我们看。这才得知，房氏得姓于约公元前2300年前，所修家谱已有五版，最早见于光绪年间："房氏，古夏津人。于戊午年1258年迁居于东阿县之鱼山。"此后1946年修谱记载："迄今四十余年，人丁繁衍，户口增益，理应重修。"监修、续修、缮写等人员中，竟有父亲房翼贵的名字："监修：翼贵字佐臣……"，我惊讶地知道父亲除了姓名还有字，过去似乎只有那些文雅之士才会有字号，父亲出身于贫寒之家，且兄弟姐妹众多，他的"字"是自己取的还是他的父亲授予的呢？当时不明其详。时隔多年之后，我们从爷爷的老石碑上才得知，房氏太爷爷以上曾经有过四代监生，一代儒生，直到民国之后才投笔从戎。

但可以想象的是，1946年抗战刚结束不久，打日本的长枪还扛在肩上即动手修志，这事在全村老少心目中一定非常重大，"国有史，地有志，家则有谱"，他们将国事家事天下事连在了一起。"国有史，则可以史为鉴。家有谱，且常续不辍，则可以使族人世系不紊，长次辈分有序，宗络承继相属分明，族间贤能者之功德，业绩昭彰不泯，不以世代久远而忘记。"此前，抗战最为艰苦的1942年至1943年，东阿一带连续三年天灾不断。"大旱，蝗虫成灾，麦枯，秋苗薄收，民变产度荒。外出逃荒者，冻饿而死甚多。"全县百姓一边为生存而奋斗，"县组织捕蝗指挥部和捕蝗队，按捕蝗斤数发奖"，一边还要对付日伪军的疯狂扫荡，同时还要保护土地，减租减息……接着还要修谱！他们要做的事可真多啊。

幸亏有了这些谱和志，我们在莺歌燕舞的今天，才得以清晰地回望过去。1949年8月，残留的日伪据点被拔除，东阿全境收复。接下来，刘邓大军渡黄南进，县境乡民扒门板、捐木料，全县自1946年以来，共参加支前民工16万人次，担架3万架次及大批畜力车、手推车，东阿及鱼山的乡亲随军转战平汉路沿线、鲁西南、徐州等地，将国与家融进了一针一线、一步一个脚印。鱼山——东阿——山东，乡亲们男女老少，寒天冻地推着小车，送走月亮，迎来太阳啊。

灾难之中的乡亲，战争之中的乡亲，忘我牺牲的乡亲，你们那时是怎样的情怀？

我们只能遥遥地感知：善恶分明，源远流长，家国恋，生死情，全在东阿人的血脉里，全在鱼山人的记忆中。二叔说到族谱上的家训："富而不骄，贵而不舒。能明驯德，以亲九族。"这让人想起孔夫子的"君子泰而不骄，小人骄而不泰"。发源于齐鲁之地的儒家学说，渗透于鱼山人的精魂。

小小鱼山海拔只有 80 多米，但因有了曹子建，便有了永世的灵性，而扬名天下。

清代文人卫既齐作《吾山书院记》，描绘鱼山斜径蜿蜒，松风飒飒，一抹黛色参天，北望郁然有深秀之气，乃陈思王之墓与祠并隋碑，记王平生游陟有终焉之志，历级而上至绝巅，则子建读书处，名柳舒城。又一冯廷魁作文赞鱼山："平原庄上，相国称诗；桃李园中，翰林作序。风流未远，才士实难。望山下遗祠，犹祀五言鼻祖；溯河流故道，还思七字权舆。"

五言鼻祖乃曹植，字子建，他在鱼山读书、赋诗的日子，是他一生中最为旷达的时光。这位生乎乱、长乎军，半生不得志的才子，如谢灵运所评："天下才共有一石，曹子建独得八斗。"王士祯尝论汉魏以来二千年间诗家堪称"仙才"者，曹植、李白、苏轼三人耳。他的聪明才华遭人嫉恨，差点要了他的性命，但也救了他的性命。

天下人还知道子建的多情，他所描绘的美丽女神："翩若惊鸿，婉若游龙。荣曜秋菊，华茂春松。髣髴兮若轻云之蔽月，飘飖兮若流风之回雪。远而望之，皎若太阳升朝霞；迫而察之，灼若芙蕖出渌波。"天上人间，唯此绝唱啊。

但子建除了才华与多情，更有"戮力上国，流惠下民，建永世之业，流金石之功"的抱负。年近四十之时，他被封为东阿王，即全心投入，向明帝上《乞田表》，获得准许垦田万亩，植桑养蚕，炼阿胶织阿缟。"东阿有井，大如轮，深六七丈，岁常煮胶，以贡天府者。"相传子建其时，巧用技法，着人将阿胶炼得浓亮透彻如琥珀，他来东阿之时身心俱伤形容憔悴，服阿胶之后竟颜色鲜好，健步如飞。

他行走于平原与鱼山，那些今日的麦田里，曾有子建双脚踏过的田埂,他胸中千般抱负,唱不尽天下悲歌,"愿欲一轻济,惜哉无方舟,闲居非吾志,甘心赴国忧",骨气奇高,雅好慷慨,建安诗风尽显斐然。

鱼山人爱说曹子建,还爱说他创造的"鱼山梵呗"。

我父亲生活的年代波澜起伏,他没有多少闲空,也不是一个风雅的人,但他却有过一只竹箫,高挂在墙上,甚至将一束鲜黄的长丝绦系在箫头,醒目地垂下来。偶尔父亲会取下那只箫,小心地吹着,似乎一用劲,就会吹破了似的。我们那时还小,听不出他吹的是什么,只是好奇得很,怎是吹得满地凉月,一汪清水,便又觉得吹箫的这个人不像是父亲。

事隔多年之后,我才明白他多半是儿时听惯了"鱼山梵呗"的吹奏,情不自禁也想仿效之。梵呗是一种带词的佛教音乐,意即用清净言语赞叹诸佛菩萨的三宝功德,为清净、离欲、赞颂、歌咏的表达。所以称"梵呗",最初是随佛教从印度传入中国,因梵音重复,汉语单奇,少为人传唱,才华横溢的曹植依《太子瑞应本起经》撰文制音,其中大量采用了中原本土尤其是东阿一带的民间小调,音词结合朗朗上口,竟使佛经在唱诵时声情并茂,很快得以迅速流传。

唐朝初年,鱼山梵呗传至日本、韩国,被命名为"鱼山声明"或"鱼山"。鱼山梵呗悠和、典雅、恬静、淳朴,清净自在,祈祷风调雨顺,为民消灾免难,人们称其秉承传统佛乐,追求天然意境,韵唱不尚雕琢,好似山石过滤的清泉,纯粹而极富禅意,令人神清气爽。子建作为鱼山梵呗的创始人功不可没,后人有(《东阿王赞》)曰:"七步诗八斗雄,和平妙音世界同,梵呗源真宗。"乾隆皇帝更是赞赏:"国满栴香,古枝分鹿苑;天高竺梵,晴呗接鱼山。"

自曹植"鱼山梵呗"之后,后世僧俗名家纷纷效仿,将中国民间乐曲用于编创佛曲,使古印度声明音乐逐步与中国之风相融合,中国梵呗继而走向世界。

鱼山不再仅是东阿的鱼山。

子建想来是爱极了鱼山，离开人世之时留下遗言，选择此地作为他永久栖息之地。沧海桑田，星移斗转，子建与山已融为一体。

生活在鱼山的世代人民，也爱极了鱼山，即便离家的人儿，无论走得多远，都会有一根线牢牢牵在心里，揪扯得疼痛，"揽騑辔以抗策，怅盘桓而不能去"，那慷慨精神、美妙神韵，终使人千里万里地追寻，亘古不变地守望呵。

又见黄河

又到了一个春天,一直盘算着回鱼山。大哥来过好几次电话,山东鲁西南的口音稍重一些,便有些听不清,但几句关键词却是再三出现的:"妹妹呀,回家不?清明快到了,该给咱爸妈上坟啦。"我说是啊,天天想着,但身边总有些事牵扯,总算在渐渐热起来的初夏,回到了黄河边。

路是越走越近了,自从有了高铁,从北京到济南最快只要1小时32分钟,再坐汽车上高速,一顿饭的工夫就到了东阿县城。径直再向南,沿途的绿树下,有人摆着西瓜摊,还有红桃黄杏,尚未看够,鱼山村就到了。

大哥家在村东头,每回车到门前还没停稳,大哥就从院里迎了出来,大声招呼着:"妹妹呀,回来了!"

还是爷爷那一辈留下的老院儿,过去三间土墙草顶房,院儿里一棵枣树,树下一眼井,井旁立一口大缸,但凡要喝水,从缸盖上抄起瓢来舀着就喝。父亲与他的兄弟姐妹都在这院里长大,20世纪80年代初，我和妹妹回到鱼山，见到的还是土坯房。那时大哥家很穷，能变钱的就是养在院里的一群鸡。这些鸡白天在院子里遛达、刨土，夜间就歇在那棵枣树上。一开始我们不知道，夜里出来上茅房，肩头突然一热，一摸稀糊糊的，抬头一看，树上蹲着一些黑乎乎的大鸟，不由吓得大呼小叫。大哥大嫂闻声跑出来，乐了，说那不是鸟，是咱家的鸡。

鸡怎么会在树上呢？我从小在长江三峡一带生活，那边山里人养的鸡一早就放出了家门，满山遍野转悠，啄吃草丛里的虫子，天色暗淡之后，依次跟着昂首阔步的大公鸡归回到窝里。可家在鱼山的大哥说："咱这儿的鸡就这样，它们愿在树上歇着，下蛋才在窝里。"又说："北方跟南方，可不就是好些个不一样？"大嫂伸手去窝里掏鸡蛋，一手抓出两个，又一手抓出两个，笑吟吟地说："给俺妹妹炒了吃。"

大嫂叫妹妹的声音又脆又甜。大哥原先娶过一个南方来的女人，可进门不到一个月就跟着她"娘家哥哥"跑了，后来才明白那是一伙骗子，娘家哥哥其实就是她的男人。这对男女某一天沿着黄河边的村子走来，逢人就可怜兮兮地说家里遭了灾，当哥哥的要把妹妹嫁出去找个活路，也不要多的彩礼，给一笔让哥哥回家的路费就行。村里人一撮合，二叔就做主将这女人给大哥娶进了小院，可没想到日子刚刚过起来，有一天，这女的说到村头小卖部打瓶酱油，一去就再也没回来。事后有人在东阿县城的长途汽车站碰见了他们，拎着大包小裹，一看就是两口子的行状。大哥听说之后立马要去找，二叔叹了口气，说骗子跑得会比兔子还快，人家鼻子比狗还灵，早就不知窜哪儿去了，上哪儿找去？别费那个冤枉劲。大哥只好自认倒霉，见人就说："咱爸南下帮他们打仗求了解放，那儿的人咋还来骗咱呢？"二叔说："看你咋说的？啥地方都有好人，也有坏人。"

后来娶对了人。大嫂是邻村的姑娘，还上过几年小学，比大哥识的字多，虽然模样不怎么秀气，高个子大手大脚，再加脾气挺倔，寻了几处婆家都没成，但跟大哥成了家，俩人都实在，贴心贴意地过日子，不久接连生下两个儿子，小院儿里红红火火。

头次见面，我和大妹就被嫂子的笑容给融化了，她总是未曾开口先带笑，咧着嘴，没遮没拦的样子，让人顿时没有了生分。嫂子将原先放着一些杂物的东厢房收拾出来，一铺大炕烧得暖烘烘的，炕沿小桌上的柳筐里盛着清甜的小黑枣，还有炒得香喷喷的"长果"，华北地区的方言都把花生叫长生果。嫂子说："这枣儿是咱树上摘的，长果是俺用柴火炒的，妹妹尝尝好吃不？"

她说着，却把俩孩子牵到了一边，不让他们进东厢房。大小子叫虎子，站在北房门前，一直眨巴着眼睛盯着厢房这边，他穿着厚厚的棉袄，撒拉着两只手，瓮声瓮气地说："俺要吃煎饼。"他娘不在跟前，我问哪儿有煎饼？虎子仰着脖子，指着吊在房梁上的一个柳条筐，我搬张凳子取下来，筐里果然黄澄澄的一摞子煎饼。颜色看着诱人，但咬一口啪的碎了，干干的玉米味儿觉不出什么好吃，虎子却一手抓起一块，这边咬一口，那边咬一口，吧嗒着嘴，吃得香甜。

想到大哥从小没上过学，再看看眼前的孩子，我低下头来问："虎子，跟姑姑去南方吧？"孩子不理会，只顾吃他的煎饼。

饭桌上，我给大哥嫂子敬了一杯酒，说："大哥嫂子，跟你们商量件事。"

大哥问："么事？"

我说："我们把虎子带回湖北去吧，让他好好上学念书。"

哥嫂愣住了，半天没回过神。夜里，北房的灯很晚都没熄，哥嫂小声说着话。第二天早起，大哥走到我跟前，郑重地说："妹妹，你说的话当真不？"

我说："当然是真的。只要你放心，我们会好好带他。"

大哥说:"那行。俺和你嫂子就听你们的,孩子就托付给你们了。"他掉转头看看一旁的嫂子,嫂子的眼红肿着,脸却不扭过来,只在嘴里说:"俺相信俺妹妹。"

哥嫂的话重千斤。

抱着四岁的虎子离开鱼山村的那天早晨,满天飘着小雪花,平原上的雾雪白茫茫的,像一幅巨大的纱幔,遮住了黄河的波涛,也遮住了村里的人家。四周静静的,只有我们踩在雪地上的脚步声,嚓嚓的,一直响在耳边。一床红花小被子将虎子包严实,他睡得沉沉的,在我和妹妹怀里从鱼山睡到了东阿县城。又坐上去往泰安的长途客车,孩子懵懵懂懂的,随着车的摇晃,睡了醒了,又睡。直到夜里在泰安的招待所住下,陌生的房间,明晃晃的电灯,两张床一把椅子,孩子才似乎真正醒过来,他眼神张惶地四下打量,突然咧开嘴哭了起来:"大大!娘——!俺要大大——!俺要娘——!"

鱼山的孩子给爹叫大大,大大和娘是保护神,虎子扯着嗓子号了一夜,怎么哄都不行。第二天上了火车,仍然接着哭喊,车厢里的人一个个看向我们,差点将我们当作拐卖孩子的人贩子。连着三天,虎子哭得声嘶力竭,我们心烦意乱,几度起念想把他送回去,但又不甘心。

为大哥和他的孩子做点什么,其实是早有的心思。大哥才一岁多时,父亲就随军南下了,从此再也没怎么管过他,五十年代是在忙革命,六十年代"文革"中被打倒,直到1979年父亲才走出牛棚,没对大哥尽到责任是父亲心中的一处伤痛。让大哥的孩子从小读上书,不要再像他那样成为文盲,是我想为大哥也是为父亲做的一件事,或许也算是替父亲做的一种补偿?

不管虎子怎样哭个没完,我和大妹咬着牙还是把他带回了湖北,这孩子渐渐习惯了南方的生活,在他爷爷身旁活蹦乱跳。春去冬来,一转眼虎子上学念书长大成人，现在武汉一家企业谋生，娶了一个漂亮贤惠的仙桃姑娘，仙桃过去叫沔阳，那地方的人说话像唱歌一样，生下一个女儿小名叫鱼儿。

还是黄河鱼山的小鱼儿。

夏日来到鱼山村头，还是跟往日一样，车还没停稳大哥就迎出来了，身后跟着身材魁梧的小二，多年前的情景仿佛又在眼前，可是嫂子呢？

嫂子没有了。

那个满脸带笑但性子倔强的女人走了，永远地走了。只是因为与邻里一番龃龉，她觉得受了天大的冤枉，心里的委屈实在咽不下去！大哥劝她，她也咽不下去，但她想不出法子吐出这口气，她伤不了别人，她是一个连鸡都不敢杀的女人，她只能伤自己。或许她想，一了百了，那口气也就吐出去了，于是她在一天半夜，趁着家人都睡下了，独自到院子外边喝下了一瓶农药。

谁都不敢相信，她居然真的舍下丈夫儿子、还有孙子，决绝地走了。村里人都说她真是个傻女人，要说她多有福气，儿孙满堂，男人待她也好，不愁吃不愁喝的，为什么就一根筋，想不开呢？亲人们只能骂她的倔，狠狠地泪流满面地骂她，这个倔女人。

听说嫂子的离去，我惊骇不已，连忙从北京赶回鱼山，可已是人去屋空，一抔黄土。没有了嫂子的笑声，院子变得空荡荡的，大哥的衣衫也空荡荡的，他的人和话都变瘦了。在我们面前，大哥本来是一个爱说话的人。

我心里说不出的难过，身材高大的嫂子，笑呵呵的嫂子，心眼儿怎么会这么窄呢？我长在三峡，晓得那山高水险的地方，一个个女子性情刚烈，却没想到山东的女人、我的嫂子也是这般性情，眼里心里都揉不下半颗沙子。

人如流水，但黄河依旧，鱼山依旧。无数往事深藏于那默默无言的山川里，千万不要以为似乎所有的一切都已随风远去，但其实它们都还在那里，只要一回头，就又一一浮现。

嫂子，你知道我又回来了。

黄河大堤一年年增高，高过了大哥的房顶。大哥家紧挨着黄河，几年前附近要建一座浮桥，他给我打来电话，问要不要投资，将来可以分红，村里人都是这样动员自个亲戚的。我说我只是一个文化人，调北京工作之后，为了买房把所有的积蓄都花光了，还欠了朋友的钱，再说也不懂什么投资，还是算了吧。大哥也没再多说。但后来回到鱼山，得知当年投资建桥的人果然每年都有分红，不论多少，好歹也算一份活钱，没投资的人都很羡慕。大哥心里一定也是在意的，我不由有些惭愧，没有能替大哥也投上一份资，但大哥却再也没提这回事，虽然人家分红年年在往上涨。

那浮桥用得很苦，拖着沉重货物的大卡车日夜不停地驰过大哥门前，轰隆隆地扬起一阵黄沙，然后爬上大堤，又下到河岸，压上浮桥。只听一声声巨响，那座简易的浮桥就像一条被按住的蛇，在水上来回扭动。

过桥费收入可观，村里人对浮桥带来的动静没有什么抱怨。跟全国许多乡村一样，鱼山的年轻人大都出外打工，上点年纪的人大都一副闲适模样，没事在村里转悠。大哥也喜欢背着手，从村东走到村西，然后几个老伙伴相约着上堤，坐在柳树下一边闲聊，一边看黄河东流。

这天他接了我的电话，知道我要回鱼山，专门把住在城里的小二叫回来，把院子里外打扫了一遍。小院早几年已经重新翻修，三间土房和厢房成了砖房，又建了两间南房，门楼前跟鱼山村大多数人家一样，竖着影壁，上面画了一棵迎宾松。院里的那棵枣树青青朗朗，只是家里再没有养鸡，夜里也不会飞上枝头歇着了。树下摆了一张小方桌，等我们一进门，小二立马从水井里拎起一个大西瓜，切开鲜红的瓜瓤，说："大姑。"

小二话少，一件事只说几个字，有点像人们传说中的山东人。

大哥说："妹妹，吃完瓜咱就给爹妈磕头去。"

我说："咱们这就走。"

父母安歇在村西头，过去有四五里地，以往都是走着去，但这天大哥说："咱坐三轮吧。"口气挺自豪，说着从原来喂马的棚子里推出一辆电动三轮，簇新的模样，一看那牌子叫作"金万福"，说是流行于东阿一带，大哥不久前刚添置的。

过去往地里送肥料、收玉米或是捡棉花，大哥用肩膀扛、小车拉，后来凑钱买了那匹马，拴了辆架子车，人才轻松多了。但现在有了这电三轮，从大哥颇为骄傲的眼神里，金万福简直就跟城里人的宝马、奥迪差不多。

他把车推到大门口，叫了一声："上吧。"我也就一蹽腿上去了，坐在他刚打开的一个帆布小马扎上，扶着旁边的车框，倒是敞亮爽气。不过我还是有些担心，我说："大哥你行不行？你别把我颠到路边的沟里去了。"

大哥说："瞧你说的。"他一边说，一边低头用脚找油门，车轰地动了一下，把我从小马扎上弹了起来，我说："大哥，你还是让小二开吧。"小二长得膀粗腰圆，在河务段当工人，什么活都能干。大哥不太情愿地松了手，唠叨着："你看看你。"

蓝色的车皮，在太阳底下闪闪发光，金万福咔咔地穿过鱼山村里的小道，迎面不时来人，跟我一起坐在车上的大哥跟他们一一招呼，又扭过脸来告诉我这是谁谁谁。我回鱼山已好多次，村里人好些都面熟，只是叫不出名字，他们朝我点头，大声说："回来了？"

我说："回来了。"

山东人说这话时，"回"字用的劲大，而我说的是带湖北口音的普通话，"回"字温温的，使不上劲，只能将"了"的尾音拖长，来表示我的恳切。

再往前走，路上人就稀了，一望无际的平原大地，小麦已经收割，月头种下的玉米，一场雨过后嗖地蹿出了绿苗，迎着风居然可以轻轻地摇动了，就像刚刚满月的孩子，晃动着稚嫩可爱的小手。

我问大哥这些年的收成，大哥说："嘿，麦子玉米，每亩地都能打一千多，每年还套种些豆子、棉花，吃不了用不了，往出卖不少。"又说收获的季节一到，就会有商人到地头来收购，村里农民大多都跟商户签好合同，只要约上日子，将收割的粮食装上车，人家按照合同就会当场付钱，然后呼一下就给拉走了，再不必自个儿辛苦弄回家去。

如今庄户人种地比从前要轻松多了，播种之后，甚至也不用下地锄草，撒上除草剂"百草枯"，一窝放一撮，再喷些其他农药，庄稼地里既不会生虫子，也不再长野草。我问大哥："这样好吗？"大哥不假思索地说："都这么用，咱也跟着用呗。"

我却不由想到，虫子、野草原本也是大自然养育出来的，如果它们一个个再也没有活的机会，那其他生物，包括玉米、棉花这些农作物，就一定活得那么安逸吗？能否不用这些赶尽杀绝的办法呢？

我不是科学家，也不是种田人，走在身边的大哥才是老农。想到大哥他们再也不像过去那样辛劳，心里当然也有一种释然，我说："大哥，如果能有更聪明的办法，不喷农药、不用化肥、更不要百草枯，粮食也能丰收，种地的人也不再汗流浃背，那该有多好。"

大哥说："城里人都这么说，那赶紧把办法想出来呀。眼下施农药化肥的玉米都不好卖了，不值钱。"

年轻人也都不爱种地了。小二和他媳妇好些年前就双双在外打工，先是在附近一家纯净水厂，后来又去了河务段，在县城里租了一个两居室，每个月600元的房租。小两口勤劳肯干，攒了好些年的钱付了首付，终于自己买了房。二叔、六叔的几个儿子，我的堂哥堂弟们也大都带着孩子离开了村子，有的做小生意，有的进了企业，真正留在村里种地的棒小伙子，难得数出几个。今后这些地谁来种呢？

答案在滚滚向前的时代潮流中。

事实上，鱼山村已经实行部分土地流转经营，由专业公司种植收割、加工销售，单个的农户一个个成了工人、管理者。古老的土地悄然发生着变革，工业化、城镇化如平原上的风，一阵阵吹过，吹绿了田野，又吹熟了庄稼，村庄和土地不时改变着模样。长眠在此的祖先，还有我们的父母，可曾知晓？

小二将车停在一排杨树跟前，大哥说："到了。"眼前就是父母的陵墓，往年来时，春季可见一望无际的青青麦苗，秋天则是密不透风的玉米林，除了坟地，周围的地都是属于别人的，每回都生怕踩了人家的庄稼，即使小心从一条窄窄的田坎上走过，还是免不了有时会踩到地里。但这次来，却惊讶地发现四周成了一片杨树林，一棵棵高而直的杨树排列成行，绿油油的树叶，俊朗的树干，生机勃勃。原来孝顺的大哥为了让父母安心，春上将他在东边的一块好地跟这家农户作了对换，他将这片地全种上了杨树，再也不会担心扰了别人。

杨树林里，大哥捧出早就备好的香烛纸钱、水果鲜花，小二放了鞭炮，这是鱼山的礼俗，我们给安睡于此的父母叩头，大哥在前我在后，小二随着。大哥给父母说话，家长里短嘘寒问暖，说得周全，他是大哥，谙熟乡间所有的规矩，在多次回到鱼山的日子里，我已经知道了。

风儿吹过，杨树细语，大哥和我面对石碑静静地站立。他一直在北方，我一直在南方，但我们是兄妹，一根藤上的瓜，面前的石碑上刻有我们的姓名，我们有着共同的根。

小二上前来，说："姑，俺媳妇今儿也要回鱼山来的，可小石头今天小学毕业典礼，家长都得去……"

小石头是他的儿子，他腼腆地说："俺小时候没怎么上学，老吃没文化的亏，现在寻思一定要让孩子好好念书。"

我用力点头。大哥说："二啊，你跟小石头说，不读书的孩子没人喜。"

小二说："嗯。"

离开鱼山时，天色已黑，村里的人家灯火点点。或许谁家又来了客人，一条狗汪汪地叫，又有些狗紧跟着叫了起来，此起彼伏，好生响亮，想必会穿过空旷的田野，传得很远的吧。便想城里的狗是不怎么叫的，即便叫，也被林立的高楼给挡住了。

从夜色中看那小小的鱼山，倒也像是一座楼，只是比楼房多了百倍的傲然。月光勾勒出它的脊梁，嶙峋凸起，一派苍茫，原来已是几万年。

第四辑

八里庄的灯火

京东八里庄,在文学者的心里,是一处充满诱惑的地方。因为鲁院,天南海北的文学青年如潮水一般轮次涌向这里,圆一个文学的梦,这里是一处充满梦幻的殿堂。

对一个文学青年来说,如果一生中有10个必须要去的地方,我想许多人都会将八里庄的鲁院列在其中。

其实当年这里的风景一般,除了城市中常见的一些灰蒙蒙的楼房,再无别的什么可圈点的景致。过去有一条小河,附近都是一些矮小的建筑,经过一座灰白的小桥,近旁就是鲁院的大门。初来北京的人会觉得这地方偏僻杂乱,但住出感情之后,那小桥会变得生动起来,仿佛那是一个通往家园的标志。而如果是在夜晚,只要踏上小桥,就会看见鲁院那幢独一无二的楼房闪烁的灯光,明亮而又温暖,人的心里会突然涌起一股热潮,会朝着它不由自主地加快脚步。

1990年,我从鄂西的大山奔向鲁院,我不知道会从这里得到什么,但我感觉,为了文学,我必须来到这里。

在那之前,我已经亲近着文学,1979年《长江文艺》发表了我的第一篇小说《香池》,以后我再未间断,虽然同时做着这样那样的事情,但总有文学陪伴着。后来的一个春天,冯牧先生领着《中国作家》一行来到鄂西,我代表恩施州文化局到三峡边的巴东码头迎接,老人家当时已年过七旬,稳步登上江边一百多级石阶,喘着气一言不发地转身看着脚下滔滔江水,眼神湿润。而后他又先后行走于鄂西的野三关、腾龙洞、鱼木寨,常是用那种湿润的眼神,久久地看那郁郁葱葱的大山、古老的碑林,以及村寨里的土家人。有一天,他站在高高的山顶,俯瞰着苍茫起伏的群山,突然说:"这里是应该出文学的。"站在身旁的我心头一震。老人读了我一本薄薄的小说集《花灯,像她那双眼睛》,回到北京后,他让《中国作家》的编辑告诉我说,应该去上鲁院。

就这样,我接到鲁院第12期研修班的入学通知,地方领导一开始坚决不同意,认为脱离了我的本职。那时我刚从建始县副县长到州文化局牵头工作,一大堆公务等着入手,可我却要去鲁院文学培训,州里的领导觉得简直不可理喻,请假报告不成,但文学的热情像火焰一样升腾着,在一种忘我的状态中,我锲而不舍,奔走游说,临开学前才终于获准。

从鄂西到八里庄的路的确很遥远。在巴山楚水环绕之中的鄂西,生活着古老的土家族、苗族,到清王朝雍正十三年"改土归流",实行流官制,有了多种文化的汇合。即便如此,土家族还是保留着许多属于自己的文化,他们敬畏天地,以跳丧的方式表达对生死的庄重泰然;他们仁侠尚义,知恩必报,一语相投,倾身与交,偶触所忌,反言若不相识;彼此有仇衅,经世不能解,待明察者一言剖解,往往贴首而服。

我从西南那样一个地方辗转来到八里庄,聆听了何镇邦、童庆炳等老师的讲课,对我的鄂西有了别样的回顾,在三峡的天地之间,向我走来一个个熟悉而又陌生的人物，他们投以殷切的目光，使我坐在八里庄的灯光下，开始描画他们的形象。鲁院的顶楼是我们的课堂，而夜晚则是写作最好的去处，比三个人一间的宿舍要安静肃穆得多。常常吃完晚饭，到小河边溜达一圈回来，就夹着稿纸上楼，或遐想，或反刍，各位先生的讲课在脑子里化作又一团火焰，使人夜不能寐。四周不仅是我，还有一些熬更守夜的同学，只听钢笔在纸上划过的唰唰声，好比春风化雨，又好比农人割麦，我在八里庄度过了许多个那样的夜晚。

在鲁院学习了一年多，地方非要我回去处理一些事情，中断而后又再次连续就读，再度春秋。就在鲁院的楼上，我写了一部三峡人的小说，投给了《中国作家》，时任副主编的章仲锷先生将原来的标题改为"撒忧的龙船河"，发在1992年的第2期，获得当年"中国作家优秀小说奖"。相继，又写了中篇小说《花树花树》《黑蓼竹》《魁星楼》等，分别发在《人民文学》《十月》《当代》等刊物上，《花树花树》等被翻译并选入联合国教科文组织《世界小说选》，这对1992年的我来说，是非常愉快的收获。八里庄的良田和鲁院的园丁让我不断地尝试耕耘，我的文学之路从这里舒展开来。

我的人生曾经历好几次关键的选择，上鲁院无疑是顶重要的一次，无论何时，我都为自己这次坚定的选择而骄傲。

因此，在近年我走进鲁院，又坐在顶楼的课堂里，面对来自全国各地那些年轻而又陌生的面孔时，我不能不祝贺他们的到来。或许他们跟我一样，也经历过漫长的跋涉，才抵达此地。替他们感到幸福的是，近些年来，鲁院的环境得到很大的改善，过去我们三人一室，没有洗澡间，常是几位女生躲到水房里，由一人看门，然后在里面偷着洗浴，而眼下来鲁院的学生全都住着单间，并带有卫生间，电视电脑，鸟枪换炮，不可同日而语。来的学生自然也是经过精挑细选，择优而录，显示出当代中国文坛的潜质。因在《民族文学》工作的缘故，有幸接触到在鲁院培训的许多少数民族作家，如次仁罗布、鲁若迪基、李进祥、肖勤、李梦薇等，进一步得知今天的鲁院除了硬件的精良，更有着组织策划的精心，而随之教学辅导质量的逐年提升。

　　八里庄的灯光是那样诱人，它照亮青春和智慧，照亮无数人的文学之梦。时代呼唤文学精品，鲁院是打造精品文学人才的摇篮，今天的灯火将迎来明天的灿烂，这显然是人们充满信心地期待着的。

（纪念鲁院建院60年时所写）

红了樱桃,绿了芭蕉

丙申春天来得很早,北京的樱桃花刚到四月就开了,小小的蓓蕾在一夜春雨之间,缀满了树枝,去往西郊中科院高能物理研究所的路上便能隐约闻到花儿的芬芳。在芳香的气息里,我走进那座全国一流物理学家会集的大院,迎面见到一座奇异的雕塑。

接待我的,是高能所几位贤淑的女子,她们告诉我说,这雕塑名为"物之道"。这两级螺旋式钢管象征的是阴阳两极,向着的不同方向旋转,由此产生巨大力量,表明天地万物均系对立物的统一。雕塑正面刻着一排排清秀的手迹:"物之道:道生物,物生道,道为物之行,物为道之成,天地之艺物之道。李政道,二〇〇一年四月十日"。

这座引人注目和遐想的雕塑正是来自著名物理学家李政道先生的创意。

他热爱书法绘画,用中国的笔墨写下了那些富有中国哲学意味的文字,同时也是用艺术的语言阐释了正负电子的对撞。

在这个对我来说具有挑战性的春天,我走进了陌生的科学殿堂,准备撰写关于高能加速器——北京正负电子对撞机建造始末的报告文学，而随着采访的逐渐深入，李政道先生对此项工程的贡献及个人魅力越来越鲜明地凸现出来。

早在1956年，中国科学家们就开始建议建造一台高能加速器，但几经曲折，直到上世纪80年代以后，北京正负电子对撞机和北京谱仪的建造（被称为"BEPC工程"）才得到正式批准，前后经历了"七下八上"。李政道先生后来对此了如指掌，曾有过清晰的归纳。

李先生曾经判断："基础科学清如水，应用科学生游鱼，实用科学鱼市场，三者不可缺其一。"北京电子对撞机就像一条从雪山发源的河流，延伸、牵引着无数涓涓小河，促进了一系列科研成果的诞生，涉及高功率微波、高性能磁铁、高稳定电源、高精密机械、超高真空、束流测量、自动控制、粒子探测、快电子学、数据在线获取和离线处理等高端技术，其设计指标几乎都达到了当时国际技术的极限。中国工业界在"BEPC工程"基础上制造出了一系列具有世界一流水平的高科技产品，应用于航天、医学及人民生活等各个领域，造福于中国也造福于人类。

事实证明，清如水的基础科学，造就了丰沛的水源，滋养鲜活的游鱼和市场，有力促动了中国现代化的迅猛发展。它的创造者们——中国科技人——艰苦奋斗，数十年卓越努力，其间有许多激动人心的历史时刻和难忘的故事。但我采访到的那些优秀的科学家无一不提到李政道先生。他们都是当年电子对撞机建设以及二期改造的亲历者，从方守贤、叶铭汉、郑志鹏、张闯、徐绍旺、柳怀祖，其中好几位都曾担任过高能物理研究所的所长，到风华正茂的现任所长王贻芳等诸位，他们从不同的角度回忆当年，说着说着，就说到李先生这儿来了。

方守贤先生在百忙之中，跟我谈了一个上午，中间好几遍强调："李政道先生起了决定性的作用。"

采访年过九旬的叶铭汉先生那天，我提前准备了好几个话题，老人谦逊有礼，嘴里一个劲地嗯嗯着，但待刚刚坐定，三句话之后就不由说道："有一个人的功劳不能忘记，那就是李政道。"

曾经担任北京正负电子对撞机工程领导小组办公室主任和中国高等科学技术中心秘书长的柳怀祖与李政道相处甚多，李先生每次回国，他都少不了要前后迎来送往，替李先生张罗许多事情，他感叹道："李先生这个人啊，为了祖国的科学，不惜力。"

一个很家常的说法，不惜力！大家都把李政道先生当成了家人，而李先生为了中华大家庭，把自己当成了该尽责任的孝子，殚精竭虑。

上海出生的少年李政道，经历了战乱流浪，四处求学，1946年7月从上海坐船离开了中国。轮船在海上航行了整整三个星期，波涛起伏的大海就像他的心潮，难以平复。那时他不会想到，这一去再回来竟是在26年之后，去时他还未满20岁，只是一个满怀求知渴望的年轻人，回来却已是誉满全球、世界顶尖的科学家。

他带回了一个传奇，之后又创造了一个个传奇。

1972年的9月，他回到了阔别的祖国，第一站是上海，从这里走的，又回到这里。他带着美丽的妻子秦惠䇹，先是参观了工业展览馆、江底隧道、少年宫、汽轮机厂、人民公社，还观看了一出现代京剧《龙江颂》、芭蕾舞剧《白毛女》。看着看着，李先生开始皱起了眉头，细心的妻子问他怎么回事？

李先生说，你注意到了吗？中国的科学家都干"革命"去了，大学生们都劳动去了。科研的话题没人敢涉及。妻子深有同感。

他与夫人又来到北京，京城一批科学家听说他要来，兴奋极了，早就望眼欲穿。在他下榻的北京饭店，张文裕、朱光亚、何祚庥等纷纷前来拜望，李先生与他们彻夜交谈。他谈到他的忧虑，说他察觉到中国在基础科学研究和培养年轻科学人才方面存在严重的失误，与国际相比已经形成断层，他要把这些问题提出来，找到解开这些难题的答案。

是啊！张文裕他们迫不及待地说，在此之前，他们刚刚将一封18名科技工作者的联名信送到了中央领导那里，信中他们建议要尽快建造高能加速器，加强基础科学的研究。

在那个极"左"的年代里，谁谏言谁就可能遭遇想象不到的恶劣后果。建造高能加速器（就是后来的北京正负电子对撞机）的报告打了好多次，但一直没有得到批复，张文裕和一批科学家左思右想，冒着挨整的风险，理直气壮地给周恩来总理写了一封信。让他们惊喜万分的是，身心始终处在极度疲惫状态的周恩来竟很快给他们回了信，批复道："这件事再也不能延迟了。"

李政道听了这一切，感慨万千，他与国内的这些科学家一拍即合，同时意识到对祖国的一份责任历史性地落在了自己的肩上，他毫不犹豫地说，我支持你们。

张文裕兴奋地告诉他，周总理还让他们来向他请教。李政道当即表示回到美国后，要请一批高能加速器的专家帮助，还要给国内的科学家创造出国交流的机会。从此，李政道与祖国有了密切来往，夫人秦惠䇹感觉出他的变化，李先生除了一如既往的认真教学和研究工作之外，花费了大量时间和精力来为祖国的科技教育奔忙。

他出了各种主意，拿出一系列详尽的方案，一次次找时间亲自回到国内，只要有机会见到中国领导人，他都会直言不讳地提出一些建议。

但在很长一段时间里，李政道与国内一些科学家们的想法迟迟没有得施，上马，又下马，经历了好几个回合。他苦苦陈告，既然芭蕾舞演员做到了从小培养，科学人才为什么不能从小培养呢？高能加速器为什么上了马又下马呢？方案是可以调整的，但决心不能变。

有一位叫伯恩斯坦的科学家写过一篇《宇称问题侧记》，开篇便说道："自从第一颗原子弹的巨响震动人寰以后，物理学在人们的心目中就变了样子。物理学作为几乎是纯科学由学者们在大学和研究所里进行研究的时代已经过去，而且很可能永远也不会再返回。"

伯恩斯坦的预言在日后不断得到了应验。他写这篇文章与李政道有关，李政道当然更为真切地懂得这一切，随着国际科学界的科研成果日新月异，他的祖国不能再迟迟徘徊。

他每次回国都会给国内的同行们带去一些宝贵的资料，第一次回来时特地在美国买了一台最新技术的计算器和两块集成电路，甚至动员妻子将岳父秦梦九遗留下的22件珍贵文物全都捐赠给了国家，其中那只辽代宣刻花鱼瓶精美绝伦，为稀世珍宝。

只要祖国需要，他愿意倾其所能，倾其所有，贡献出自己最为宝贵的智慧和时光。他经历了有些人的置疑，有些人的肯定，但他有幸的是，终于迎来了中国科学的春天。周恩来未能完成的事情，最后由邓小平一锤定音，1981年12月22日，邓小平在中国科学院关于建造2.2GeV正负电子对撞机建议报告上批示："这项工程进行到这个程度不宜中断，他们所提方案比较切实可行，我赞成加以批准，不再犹虑。"

接下来，又有一些小插曲，李政道担心再次反复，趁着这年年底邓小平接见之时，他直接陈述了选择正负电子对撞机方案的理由，邓小平果断干脆地说："方案已经定了，我说过了，不要再犹豫，要干！"

春风化雨，根据邓小平1979年访美时和卡特总统亲自主持下签署的中美两国在高能物理研究领域合作的协议，北京正负电子对撞机工程派出几百人次的科技人员赴美参加有关国家实验室学习、考察，并邀请美国专家来北京正负电子对撞机工程现场解决设计和研制中的问题，派人长驻美国采购所需的器材。不言而喻，李政道在其中穿针引线，铺路搭桥，是最为忙碌的人。

经他建议，工程领导小组聘请了著名的高能加速器和高能物理实验学家潘诺夫斯基教授为工程领导小组的科学顾问。李政道、潘诺夫斯基和美国五个高能物理国家实验室在技术上对北京正负电子对撞机的建设给予了很大帮助，世界其他高能物理研究中心，特别是欧洲核子研究中心、德国同步加速器中心和日本高能物理研究所的同行们也给予了支持，海外炎黄子孙中的物理学家更是踊跃呼应。

中国的改革开放带动了科学大踏步前进的步伐。难忘的岁月。

1984年10月7日，BEPC破土动工。邓小平与党和国家领导来到高能所参加奠基典礼，邓小平弯下腰为奠基石铲了第一锹土，他直起腰来，对着大家说："我相信这件事不会错。"

李政道与钱三强、卢嘉锡、王淦昌、周培源、潘诺夫斯基、林宗棠、张文裕等人并肩站在一起，他们也铲下了一铲铲土，张文裕喜悦得逢人就说："我多年的心愿终于实现了。"李政道深深地点头，他懂得，张文裕的话里含有多少复杂的情感。那年北京饭店见面不久后，中科院就正式成立了高能物理研究所，张文裕成为第一任所长，而这十多年里，几经风雨几多坎坷，眼见这奠基石深深地埋进土里，他们心里的石头也才算是终于落了地。

柳怀祖先生多次亲眼目睹过李政道先生与人交谈工作的场合，有一次，与当时国内一位重要领导会见，谈到出国留学生的待遇问题。那位领导说出国留学生每人每年补贴八千元，但李政道给他算了一笔账，认为起码要保证那些学子的基本费用，说最好是一万二。

那位领导沉吟了片刻，说还是八千吧。

可李先生却不看脸色，再次重复道："我计算过了，他们在国外确实需要这么多补贴,还是一万二为好。"

领导脸上闪过一丝不快,说现在国内经济还不发达,财政紧张,八千已经不错了。

李政道半晌没有吱声。场上气氛变得凝固,人们面面相觑,却只见李先生轻轻昂起头,清晰地说:"还是一万二吧。"

那位愣住了,谁也没想到李先生会这么坚持,因为那些钱一分也到不了李先生的口袋里,可以说跟他个人没有任何直接关系,他干吗这么较真呢?那位领导无话可说,推托道:这件事恐怕连我个人也做不了主,得问问财政部那边的资金情况。

他站起身来,表示谈话到此为止,然后将李先生夫妇送到门外,按事先预定的方案,还有一个合影。柳树下,领导将李先生请到了身边,然后再请李太太,秦惠䇹一大步走过去,脚下一滑,竟一个膝盖着地,差点整个人倒在地上。旁边有人叫了起来,警卫一个箭步上前,扶住了李太太。

大家都有些尴尬。

柳怀祖吓出一身冷汗,幸好李太太没有受伤。但见李先生挽过妻子,盯着地上说,这棵树下有青苔,你这鞋不抵滑。

事情并没有结束,时隔不久邓小平接见李政道时,李先生在原来谈话内容之外又提到了留学生的补贴,他说八千对那些留学生来说是不够的,还是一万二为好。

到底是邓小平,李先生的话刚落音,他二话不说当即拍板:"一万二就一万二,就这么定了。"

李政道好生欢喜。但真正得到实惠的是那些跨出国门的学子们。人们从这些事情上看出李先生的性格,他平时为人谦和,彬彬有礼;工作起来一丝不苟,十分严格;而对既定目标更是坚定执着,丝毫也不含糊。他凭着一片赤子之心,给祖国的科技教育发展提出了一连串金点子，因他最早的提议，中国才有了博士后制度、中美联合招考物理研究生（CUSPEA）、建立国家自然科学基金、中国高等科技中心等等，这些重大的举措给21世纪的中国造就了大批人才，在今天，所取得的良好效果，人们有目共睹。

为了对李政道先生有更多了解，我专程来到上海交大李政道图书馆参观。在交大美丽的校园里，所有的大道名称都有值得纪念的历史，都有说不完的故事。阳光下，李政道图书馆庄严雅致，风格独特。走进馆内，我惊讶地看到有关李先生如此丰富的藏品，光来往书信就有好几万封。那些不同颜色不同大小的信笺上，流淌着李先生的笔迹，那是当年他给世界各国一些一流大学的校长、教授所写的一封封推荐信，情之深，意之切，他以自己的信誉为中国的学子们打开了一扇扇通往世界的大门。

许多年里，他像一位亲切的长者关心着中国留学生的成长，在国外，他不仅亲自带学生、传授知识，还以自己的作为教他们不要忘了祖国，学生之中有人生病、遇到困难，他也会找出时间亲自过问，帮忙解决。留学生们都叫他"总家长"。

种瓜得瓜，多年之后，中国有了一批批"海归"，他们活跃在中国科技、教育、政治、经济各个不同领域里，成为富有实力的领导或骨干。好比是红了樱桃，绿了芭蕉，一派锦绣风光啊！

"红了樱桃，绿了芭蕉"一语来自于国画大师吴冠中的画作《流光》上的题诗，也来自于李政道与吴冠中的交往和切磋。

李先生酷爱艺术，1972年他第一次回国时，身边就携带着一份早就想要会晤的国内艺术家名单。在国外的一些博物馆里，他曾经欣赏过他们的作品，如吴作人、黄胄、吴冠中、李可染等，十分喜爱，心仪已久。但回到国内，陪同人员却一时不知他们一个个身居何方。幸好在拜访冰心老人时，他提到此事，冰心老人说她知道，当下就告诉了他好几位艺术家的住址。

就是从那时起，李先生与国内一批艺术家有了十分有意思的交流，后来在他提议创办的中国高等科学技术中心开展的一系列活动中，他都常常把艺术家请进来，给每次不同的会议创作"主题画"。他会向艺术家们介绍他对科学与艺术的理解，介绍某一个科学主题的含义，然后请他们张开想象的翅膀。

1985年，中国高等科学技术中心召开"场、弦和量子引力"国际学术研讨会，李政道邀请到了李可染作主题画，李可染画出了一幅《超弦生万象》，又画出了一幅《核子重如牛，对撞生新态》，画的是两头壮实的公牛肌肉紧绷，拼出了所有力气，低头对撞。李可染先生曾经画遍了层林尽染，满山红遍，表现出无限风光尽收眼底的潇洒与展括，但在画完这幅双牛对撞之后，却是气喘吁吁，连说太累了，太累了。他是在牛的对撞之间，感受到巨大而又猛烈的风驰电掣般的千钧之力。正负电子就像两匹高速奔跑的牛，死命地撞向对方，二者相遇的一刹那，如电闪雷鸣，火花四溅，就在这些像焰火一般四射的碎片中，科学家捕捉到可能从未发现过的物质。

这画作，一时传为佳话。

1988年在举办"二维强关联电子系统"国际学术研讨会时，李政道请来了吴作人先生，大师心领神会，运用中国古代哲学的观念，认为所有的复杂性都是从简单性产生的，正如李政道先生特别喜爱的老子《道德经》中所言"道生一，一生二，二生三，三生万物"。但是，如何从简单到复杂的呢？通过科学实验人们得知，正负电的粒子之间的相互作用，形成了原子分子以至世界万物。正负两极的对偶结构，在中国古代哲学里称之为"阴阳"，太极符号表现的就是阴阳之间的关系。吴作人就此画了一幅变形太极图《无尽无极》，他挥洒笔墨，心连天宇，两道反向交织又指向无边境界的力与光，浩浩渺渺，飘然而又无所不及。

这幅画后来被选作北京正负电子对撞机的标志，又被选作高能物理研究所的标志。

而在1995年举办的"复杂性对简单性"国际学术研讨会时，李政道请来了吴冠中，这位中西兼容、古今皆通的国画家与李政道品茶论道，相谈甚欢，他以静为动，动中含静，创作出一幅《流光》，并题了一首诗，经与李政道的切磋，定为：

> 点、线、面，
> 黑、白、灰，
> 红、黄、绿，
> 最简单的元素，
> 营造极复杂的绘画，
> 它们结合在一起
> 也不能留时间。
> 流光——流光，
> 流光容易把人抛，
> 红了樱桃，绿了芭蕉。

诗里蕴藏着深刻的科学原理，按照相对论，时间的改变和观察者的运动速度有关，速度快，时间的改变则慢。光速为一切速度之最，如观察者以光速运动，相对的时间则完全停留。但艺术家的想象则可以超越时间的定义，光留不住的，人的创造却可以留存。

又是一段科学与艺术的互动。

这样的故事还有很多。李政道将科学与艺术融合在一起，而他本人，就是一位两者合一的化身。

在我采访院士方守贤先生时，他拿出一些珍藏多年的贺年卡，图片上或是盛开的花朵，或是亭亭玉立的绿树，或是丹麦式的小屋，还有十二生肖，方院士是在谈话的空隙，一转身就从办公室的柜子里拿出来的，这些贺年卡显然离院士很近。

那是一份友谊一份寄托，都出自李政道先生亲手所绘。

后来听王贻芳先生说，李先生也给他寄了好些亲手画的贺年卡，每年春节将至，李先生都会用这种方式给很多朋友送上一份份祝福。

还是在上海交大李政道图书馆里，我见到了李先生更多的画作，它们色彩斑斓，饱含深意，却又带着岁月抹不去的纯真和新颖，能从中感知风云全球而又不失初心的李政道君子之风。

"道可道，非常道，名可名，非常名"，李政道先生对老子的《道德经》深思熟虑，深得其味，将古老的哲学与科学融为一体，"细推物理日复日，疑难得解乐上乐"。他承认，这是他一生最大的、唯一的追求。

然而，人们对李先生的爱戴却是多方面的，有人赞誉他为"近代中国科学的推手"（吴茂昆），"影响了一代人思维的发现"（何祚庥），有人说："对于很多中国人，李政道是一个传奇"（徐洪杰）。

是的，他是一个传奇，而且又帮助祖国创造了一个个传奇。

当年，人们对中国建造对撞机曾几度充满疑惑，因为技术难度极大，许多方面在国内都是空白。中国加速器的水平在上个世纪八十年代初落后国际水平至少30年。必须要在短时间内建造出一台国际水平的高能加速器，才具有一定的竞争力和重要的科学意义。

有人比喻说好比站在铁路月台上，想要跳上一辆疾驰而来的特快车，跳上去了就飞驰向前，而如果没有抓住，便会摔得粉身碎骨。

结果是，中国人不仅抓住机遇跳上了火车，而且一路领先。1988年，北京正负电子对撞机完成了一个奇迹，它不仅在短短四年间建成，投入使用，而且又在短时间内取得了最好的效果，并轰动了世界，得到国际科学界普遍认同和赞扬，被称作是中国继原子弹、氢弹、导弹、人造卫星之后，所取得的又一伟大成果；"是中国科学发展的伟大进步，是中国高能物理发展的里程碑"。

世界因此对中国科技再一次重新评估。

1988年10月24日，金秋时节，邓小平一行来到北京西郊，兴致勃勃地观看了正在运行的正负电子对撞机，然后来到一座大厅里，接见了几百位参加BEPC的建设者和出席中美高能物理领域第八次合作会议的代表。在听取了关于对撞机建设情况的汇报后，老人啜了一口茶，面带微笑地说："过去也好，今天也好，将来也好，中国必须发展自己的高科技，在世界高科技领域占有一席之地。"

他转过头来，朝着所有的人粲然一笑，面若秋菊。

非常奇妙的是，粲然一词出自古汉语，《诗经·唐风·绸缪》"今夕何夕，见此粲者"，在高能物理的术语中，竟然也运用了这个词，粲夸克，它来自英语的音译，却是恰切地表现了对撞机所产生的物质灿烂如焰火的状态，给人以非常自然奇幻的联想。

李政道先生也是粲然一笑。

我想象着这位我从未见过的科学伟人，而对他灿烂的笑容却并不陌生，在许多地方都能见到李先生那开怀大笑的照片，那或许也是他自己最喜爱的，代表了他真实的内心，阳光般透彻和明亮。

浦东的星光

偶尔抬头,发现天空被林立的高楼划成了一块块奇妙的三角形、梯形、菱形,这座傲然的现代化国际都市,鳞次栉比的摩天大楼耸入云际,改变了我们头顶的天幕。让人喜悦的是,在上海浦东的夜空,继而又看到了星星,一颗颗明亮地闪烁着,棉花般的云朵一旁徐徐飘过,似乎是在擦拭着它们。不一会儿,当云朵拂过之后,那星星则更加耀眼了。

初夏时节来到浦东,印象深刻的星空,似乎也有着高山峡谷、草原、雪山夜晚的安谧,但却不是万籁俱寂,黄浦江东的灯火与天上的星星交相辉映,仿佛在同奏着一首庞大的交响乐,不断地随着江水淙淙流淌。

天上星、亮晶晶,上海浦东也闪耀着无数颗明亮的星星。

由曾经的"阡陌之地"变为如今上海发展的"领头羊",浦东经过30年的开发,成为中国大地上的一大奇迹。遥遥记得,一个多世纪前,画家吴昌硕曾在浦东严家桥粥厂做事,写过一首《浦东农家》的诗:"贫瘠有余乐,来自漫兴悲。酒色鹅儿似,山形豆子为。钱荒争卖犊,床弊稳支龟。守拙无过此,陶潜旗尔谁。"当年浦东一带生活贫穷可从他的诗中得见一斑。即使若干年前,浦东也还只是一片田地杂芜,交通不便的烂泥渡,人称"宁要浦西一张床,不要浦东一间房"。

而如今的浦东已昂然站立于新时代的潮头,成为全球金融机构的汇聚地;自贸区制度创新的试验田;吸引世界先进科技的驻扎带。许多"大科技"落地浦东:如上海光源二期、软X射线自由电子激光装置、活细胞结构与功能成像平台装置、超强超短激光实验装置、硬X射线自由激光装置等重大项目。

前两年,我在准备撰写长篇报告文学《大对撞——北京正负电子对撞机建造始末》时,采访到当代中国一批著名的物理学家,高能物理研究所原所长方守贤院士是其中的一位。他正是在担任中国第一台最大的科学装置——北京正副电子对撞机建设工程的总经理,完成这项重大科学项目之后,把全副精力用在研究和运用上,曾与丁大钊、冼鼎昌三院士向有关领导和数理学部提交了"关于在高能所建设第三代同步辐射光源的建议",欲将高能加速器尖端技术直接转换为国民经济服务,后来得到上海科技界和上海政府的强有力支持。在我采访方院士时,他十分动情地谈到他时常往返于京沪之间,建造上海光源的一些经历。

没想到这次在浦东,亲眼见到这外形酷似一个巨大鹦鹉螺的设施——上海光源,它与北京正负电子对撞机一样,正是目前中国用户最多的大科学装置和多学科研究平台,其应用领域涵盖了生命、物理、材料、环境、医学等诸多方面,使众多以往无法在国内开展的研究得以进行。按照上海光源中心的专家们说,上海光源的作用就是给分子"拍照片",是一台超级显微镜,是照亮微观世界的神奇之光。

在浦东还得知,李政道研究所于两年前在上海交通大学正式成立,研究所的实验楼建设又于今年在浦东张江科学城启动，李政道——这位继承了中华民族优秀传统美德的世界著名科学家以他的成就和辉煌为浦东的星空增添了夺目的亮色。

出生于上海的李政道，少年时期经历了战乱流浪，先后在浙江大学、西南联大求学，1946年7月自上海乘船赴美国芝加哥大学，师从物理学大师费米教授。去时他还未满20岁。1972年9月，他带着妻子秦惠䇹回到中国，第一站仍是上海。秦惠䇹祖籍甘肃天水，也曾在上海念过书，他们夫妻十分恩爱，有许多共同的追求。回国期间，李政道察觉到中国在基础科学研究和培养年轻科学人才方面存在很大不足，与国际相比已经形成断层，不禁忧心如焚，奋笔疾书，为国内的科学发展提出了许多建议。因他最早的提议，中国才有了博士后制度，相继建立国家自然科学基金、中国高等科技中心等，他还曾发起组织美国主要大学在中国联合招收物理学研究生，帮助21世纪的中国造就了大批人才。

李先生热爱故土，他曾经动员妻子将岳父秦梦九在上海遗留的22件珍贵文物全都捐赠给了国家，其中一只辽代花鱼瓶精美绝伦，为稀世珍宝。2014年12月，他又致信给中国政府，提议在上海建设一个世界顶级科研机构，很快受到高度重视并得以实施。根据国家中长期科学发展规划，李政道研究所将着眼于21世纪国际公认的最重要的科学问题，在粒子与核物理、天文与天体物理、量子基础科学三个方向开展重大科学问题研究，寻找宇宙中极大和极小间的关联，探索自然界最基本和最深刻的相互作用规律。

这些玄妙的话题看似与一般的经济发展无关，但正如李政道先生当年在讨论北京正负电子对撞机是否值得建造时谈到的一个理论："基础科学清如水，应用科学生游鱼，实用科学鱼市场，三者不可缺其一。"如果没有基础科学的研究，一切都无从谈起。正是在他着力推进和参与下，北京正负电子对撞机及北京谱仪的建造（被称为"BEPC 工程"）得以成功进行，就如同一条从雪山发源的河流，延伸、牵引着无数涓涓小河，促进了一系列科研成果的诞生，在"BEPC 工程"基础上制造出了一系列具有世界一流水平的高科技产品，应用于航天、医学及人民生活等各个领域，造福于中国也造福于人类。

目前的李政道研究所，又在李先生的鼎力支持下，参照丹麦玻尔研究院、美国普林斯顿高等研究院建设，引入全球顶尖的科学家，如2004 年诺贝尔物理学奖获得者弗朗克·维尔切克等，与世界多个实验室包括美国伯克利国家实验室、日本宇宙物理与数学研究所等形成广泛的合作。2017 年 9 月，弗朗克·维尔切克获聘为李政道研究所首任所长。上海浦东，因此进一步吸引了世界级科学家的目光，进一步走向世界科技前沿。

在上海交大李政道图书馆内，我曾惊讶地看到有关李先生的好几万封书信，密密麻麻的信笺上全都是李先生亲笔书写的笔迹，那是他当年写给世界各国一流大学的校长、教授的一封封推荐信，他以自己的信誉为中国的学子们打开了一扇又一扇通往世界的大门。多年之后，中国有了一批批"海归"，活跃在科技、教育、政治、经济各个不同领域里，成为不可或缺的领导和骨干，真个是红了樱桃，绿了芭蕉，一派桃李芬芳！

李政道具有君子之风，将科学与艺术二者完美融于一身。他曾与吴作人、黄胄、吴冠中、李可染等著名画家交往甚欢，在他提议创办的中国高等科技中心开展的一系列活动中，常把艺术家请来创作"主题画"。有一次，中心召开"场、弦和量子引力"国际学术研讨会，李政道邀请到著名画家李可染，画出了一幅《核子重如牛，对撞生新态》，画面上两头壮实的公牛肌肉紧绷，拼出全身力气低头对撞。据说，曾经画遍层林尽染、漫山红遍的李可染先生在画完这幅双牛对撞之后，连称太累了，太累了。他在牛的对撞之间，感受到巨大而又猛烈的风驰电掣般的千钧之力。这画作，一时传为佳话。

为上海光源奠基的方守贤院士身边珍藏了多年的贺年卡，盛开的花朵，亭亭绿树，丹麦式的小屋，还有十二生肖，正是李政道先生亲手所绘。每逢佳节，李先生都会以这种方式给朋友们送上一份祝福。在上海交大李政道图书馆里，我还见到了李先生更多的画作，它们色彩斑斓，饱含深意，却又带着岁月抹不去的纯真和新颖。

浦东吸引着李政道、方守贤……他们的成果和精神落地浦东，浦东星光灿烂。

浦东曾经有过的历史名人如明代翰林院学士陆深；浦东塘工善后局的创始人谢源深；名医沈杏苑；创设上海近代建筑史上第一家营造厂的杨斯盛；共同创办浦东电气股份有限公司，为浦东提供最早的电力设施的童世亨、黄炎培；与浦东有着不解之缘的著名画家吴昌硕；等等，他们有的出生于此，有的来自外地，为浦东留下一段段传说，奇哉美哉！

而今，更有当代为浦东洒下智慧心血的各路英豪，他们有的大名鼎鼎，更多的尚不为人知，在浦东的大舞台上演出了一场场壮烈的戏剧。从一片烂泥渡，到陆家嘴金融贸易区成立；从第一个保税区、第一个国家综合配套改革试验区，第一个自由贸易试验区挂牌，到被誉为中国硅谷的张江高科技园区、洋山深水港四期自动化码头、632米高的上海中心……30年来，浦东从特区到新区，从后卫到前锋，"一年一个样，三年大变样"，强劲地开发开放，幅射带动了长三角乃至长江流域的改革热潮，也汇成了浦东的璀璨星河。

浦东的星光，在浩瀚的中国大地上熠熠生辉。

祖　居

　　到老来,丁肇中依然身材挺拔,推开大门的一刹那,他侧着身子歪着头,睁大眼睛朝院里张望,一脸好奇的样子,俨然还是那个少年。其实他已经不止一次地回来,但每次踏进这道大门,他都似乎一下子变得年轻,脸上的表情和身体的语言都情不自禁,他仿佛又回到了童年,进门要大叫一声:"娘!父亲!"

　　这是他的祖居。曾经获得诺贝尔物理学奖的丁肇中,这位身上流淌着中华血脉的世界著名科学家,原来根就在此地。

　　初夏的阳光下,山东日照一个叫涛雒的小镇,我站在那一方洁净的门庭前,端详着这座建于清光绪二十四年(1898),含有"种德堂""慎德堂""古梅轩"等五个庭院,又名"五宅"的丁家大院,只见那敞开的大门两侧贴着暗红纸楷书对联:"诗书继世,忠厚传家",再仰头望去,门楣上悬挂的黑底镀金的匾额端庄矜重,上书五个大字:丁肇中祖居。

　　小镇涛雒,少见的名字,初见时多有不解,究其根由,其雒即洛,洛水也，涛雒可谓黄海之滨，洛水之波。少年的祖先一定是极为珍爱这里的，涛雒的丁氏家族在此延续了一代又一代，到得丁肇中这代人，已是丁氏老四支长房三支之二之十六世。顺着那少年遥远的目光，朝向祖先曾在的洛水之波，曾有多少舟楫划过？

相传汉代此地就已建制设盐官，是为产盐重地，宋金时期设涛雒镇，与日本、韩国等地通航。康熙年间，涛雒进士丁泰，也正是这丁家才俊，奏请朝廷议准扩大海运规模，一时间使得涛雒海口商贾云集，货航频繁，鼎盛时小镇上开起大小商号近百家，并设有"东海关""厘金局"等官署，很快成为因"日出初光先照"而得名的日照南部的商业重镇。纷纷攘攘的人世上，这丁氏家族是涛雒乃至日照的名门望族，祖上屡出进士、举人，丁肇中的祖父、外祖父也都是满腹诗书，父亲丁观海是格物致知的一位土木工程学家，母亲王隽英则是一位晓达知性的心理学教授，丁家祖居的家学与家风远近闻名。

瓦房砖地，清风徐过，儿时的足迹由他逐一拾起，常年做实验的一双大手携过妻儿，穿过这大院的大门、二门、三门，左顾右盼，哪里看得够？耳边依稀又听得那西房内婴儿啼哭，母亲慈语，院子里枣树下姑姑们俏声呼唤，兄弟们环绕父亲膝前，绿荫下一片琅琅读书声……白驹过隙，脚下还是那坚实的大地，风在云在树还在，人却已远去，怎不由得一把热泪洒在这祖居？鬓毛已衰的他伫立在祖父丁履巽的墓前，黑色的墓碑上镌刻着他亲拟的碑文："怀念我的祖父，一位鼓励家人为世界做贡献的人。"他转过头来，凝视着高大健硕的儿子，缓缓地说："你的根在这儿。"

根在中华。父母为他们兄弟取名丁肇中、丁肇华、丁肇民，其殷切之意显而易见，念我中华，如名随行。而母亲王隽英给他们兄弟几人留下的遗嘱更为分明："爱祖国，爱科学，双爱双荣。"

丁肇中深深地感恩父母，他说："在我的一生中，影响最大的是母亲。"又曾在《怀念》一文中写道:"父亲对我的最大影响是:在我少年时代就引导我认识了伟大的科学家们的工作和成就,对我所做的一切总是给予很大的支持,因而,应该说,他是我的启蒙老师。"

父母的教诲影响了丁肇中的一生。

他因J粒子的发现而轰动世界,成为1976年诺贝尔物理学奖得主,在颁奖典礼上的演讲,他出乎人们意料地坚持要用中文,他说,我是中国人的后代,只不过是在美国的土地上出生而已。瑞典皇家科学院劝他改变想法,美国驻瑞典大使更是几次找到他,要他放弃用中文,可丁肇中回答得很坚定:"这不是你的事,你管不着。"

最终,这位中国山东日照涛雒小镇的丁氏之子,在瑞典诺贝尔奖的颁奖大厅里用中文发表了获奖词。那一刻,慈爱的父母若能感受到儿子的声音,该是何等欣慰。

"爱祖国,爱科学,双爱双荣",母亲给儿女留下的最重的嘱托,丁肇中又怎能不勉力而为?

在丁家祖居,我想起前几年在采访写作长篇报告文学《大对撞——北京正负电子对撞机建造始末》期间,曾听到好几位我国著名的高能物理学家说到丁肇中先生的爱国之举,一个个感慨万分。

那年夏天,刚刚获得诺贝尔物理学奖的丁肇中回到中国,受到邓小平亲自接见。他当时在德国汉堡电子同步加速器研究中心工作,在访华期间,向邓小平同志建议中国科学院派遣物理学家参加他在德国汉堡进行的MARK-J实验,当时就得到了肯定。第二年,首批高能物理访问学者唐孝威、郑志鹏等10人赴德国汉堡,在丁教授领导的实验室参加研究工作,为时近两年。

1979年9月,丁肇中再次回国访问,这回与中科院确定,每年派一批青年学者到他的实验室学习培训,俗称"丁训班"。当年经过考试选拔，就录取了陈和生等25名应届研究生。"丁训班"先后为中国培养了一大批高能物理实验人才，人们将他们称为"丁肇中学者"。中国高能物理研究所后来有三任所长——郑志鹏、陈和生、王贻芳，都是丁先生的学生。

第一批被选拔出来的郑志鹏还记得，当时在丁先生领导下的德国汉堡同步加速器实验室工作，在胶子发现中负责一个分探测器。丁先生对他们这10位中国年轻科学家的学习和实验抓得很紧，通常每天上午十点钟左右铁定会打电话到实验室询问，有没有什么问题，实验进行得怎样？有问题他便会马上赶过来，亲自和大家一块儿动手解决。

郑志鹏他们在国内都已是学有所成，但在丁先生那里的工作是从插电缆做起，探测器有上万根电缆，不能插错一根，每一次插的时候，都要反复两次口头报告，说"插对了"，然后再重复一次"插对了"，必须两个人同时插，相互应答，反复查看。丁先生在一旁观看，不时指点，多次说："我们搞实验物理的人，就要艰苦，要努力，要认真。"又说，"你们不能只是看书，必须要实践，要一面干工作，一面学习，这才能记得住。实验室可以带着书去，但是不能只看书，要做实验。"

郑志鹏跟随丁肇中先生学习、实验了两年，受益终生。

在高能物理研究所，我还采访过丁肇中的另外两位学生，一位是中国第一位博士后陈和生，一位是现任所长王贻芳，他们在说到导师丁肇中时，都充满了感激，说丁先生言传身教，使他们受到了最好的训练。王贻芳在丁先生那里工作了11年，感情深沉默契，他是从一个刚刚走出大学校门的年轻学子来到丁先生身边的，一下子接触到这位世界顶级科学家的工作方式和研究环境，感受他对工作的投入，对科学的追求，感触也就特别深。

他说丁先生经常召开二三十人的会，范围不是特别大，大的会效果有限，而在这种二三十人的会上，他会发出一连串追问，任何人他都可以一直追问到最后,让你有时候下不来台。但是坐在一旁听的人是很受益的,你可以观察到他的思维方式,一般人往往会很容易陷入细节,在细节中出不来,但是在他来说虽然细节很重要,他会保证细节不出问题,但任何时候他都不会忘了主线,做这件事情的目的到底是什么,非常清楚,永远不会忘记。

丁先生待人有分寸,如果是跟他比较近的人,往往会被他"折磨"得比较凶,但对年纪大一点的,或者是太年轻的学生,他不会。最难过的是他的副教授,博士后可能还稍微好一点,因为副教授已经成熟。他永远可以把你问倒,而且他问的方式、角度和思路跟一般人不太一样,他想得更深、更远,永远会把最根本的物理问题放在首位,一般人不太会做到。

因为一般的人容易湮没在细节当中,反倒把根本的东西忘记了。而丁先生让他们懂得,"你脑子里要永远绷着那根主要的弦"。

丁先生对学生是钟爱的,自己滴酒不沾,却喜欢请学生吃饭,吃饭时不谈工作,只闲聊。他多次说道:"四千年以来中国在人类自然发展史上有过很多重要贡献,今后一定能做出更大的贡献。我希望在自己能工作的时间内,为中国培养更多的人才。"他的学生们回国之后干得都很出色,比如成功建造了中国第一台最大的科学装置——北京正负电子对撞机,开创了我国中微子实验研究,提出大亚湾反应堆中微子实验方案,并率领团队完成了实验的设计、研制、运行和物理研究,在粒子物理实验领域取得突出贡献,分别多次获得国际国内大奖,等等。

一个个"丁肇中学者"在科学舞台上大放光芒。

这一切足以告慰先辈啊。

历史留有惊人的记忆,丁家祖居的故事根脉深长。作为日照望族之首的涛雒丁氏世代的家风，曾在《八修〈日照丁氏家乘〉倡议书》中体现："凡我日照丁氏族人，无论在大陆、台湾或海外，都曾为家乡为祖国做出过卓越贡献，目前正在国家实现四个现代化、建设和谐社会、促进祖国统一的伟大目标之下，同心同德，尽心尽力，贡献各自的力量。"

丁肇中一次次回到祖国，也一次次回到日照涛雒祖居。

有一次，他对一同前来的儿子说："美国人喜欢去欧洲，那是去找他们的祖先；而你来中国，也是找自己的祖先。"

蓝天、碧海、金沙滩，他兴致勃勃地行走在日照大地上，感慨从小就听父亲和姑姑们讲日照家乡的好，原来真的是空气新鲜、景色美丽，并且在不断地发展进步。他以多种方式参与日照的建设，亲自参加了日照市科技馆的开工奠基仪式，将全球唯一一个全尺寸阿尔法磁谱仪模型以及他的大量科学报告资料捐赠给了科技馆。希望"让年轻的日照人了解科学是怎么回事，为什么要做科学，以及科学对以后社会的发展意义，把日照变成一个先进的科学城市"。

进入21世纪后，丁肇中主持建造的第二台阿尔法磁谱仪（AMS-02）搭载奋进号航天飞机升空，开始了它在国际空间站的使命——寻找反物质和暗物质。2013年4月3日下午5点（日内瓦时间），丁肇中首次公布其领导的阿尔法磁谱仪（AMS）项目18年的第一个实验结果——已发现的40万个正电子可能来自一个共同之源，即脉冲星或人们一直寻找的暗物质。而在几年之后，AMS在太空中收集到超过1000亿宇宙射线事件，这些重大的发现再一次改变了人类对宇宙的认识。

丁肇中如祖父所愿，成为一位为世界做贡献的人。而日照人民则倾情记录着他的所作所为，新建的日照市科技馆，主体造型正是来自丁肇中探索宇宙本源的阿尔法磁谱仪的概念，外形就似一个高速旋转的粒子，建筑结构则为五拱六圆七通道一穹顶，分别展示丁肇中对世界物理学发展产生巨大影响的五个代表性实验，并依照丁肇中实验室的设计风格，表达了探索、发现、实验、求真的科学理念。

　　非常有趣的是，奇妙的宇宙现象"日出初光先照"与暗物质，在此聚合。而从日照涛雒祖居走出的丁肇中，也时刻以这样的方式守望故乡，就如他与家人那一年共同在丁家祖居写下的留言："树高千尺，叶落归根。"

老地方

一个人，无论是谁，都有自己生活相对长久的一些老地方。

对于我来说，恩施就是这样一个老地方。

位于三峡流域的恩施，湖北人肯定都知道，但北京人有多少知道的就很难说了。美国人呢？法国人呢？俄罗斯人呢？如果站在纽约曼哈顿的街道上，或是凯旋门前和红场上问过往的先生女士，知道 CHINA 恩施吗？会是些怎样有趣的情形呢？不得而知。

到目前为止，恩施还不是一个知名度很高的地方，但对于我，它却是最重要的了。无论走到哪里，都会有关于它的一些人和事牵扯着，还有抹不去的记忆紧紧相随，时间越长，滋味越加强烈。如同酿酒。

去年春上我来到北京，就业的去处在后海的一条胡同里，这胡同的名字很好听，叫作大翔凤。清朝时候，后海是贝勒爷和格格们住的地儿，顾名思义，后海则是什刹海的后边，也就是皇宫后边的湖。

北方不像千湖之省的湖北，仅在武汉市的四周，大大小小的湖都难以计数，大的像东湖、南湖、汤逊湖，一眼望不到边，绕着湖开车也得走大半天。而北方水金贵，一条沟也叫河，在南方人看来顶多比露天游泳池大一圈的水面，居然就叫了海。起初我实在有些不屑，可后来早九晚五的，要打后海的胡同里穿来穿去，渐渐知道了这地方的一些故事，却是每座院子每块砖每个门帘都有来历，这地方在我眼里就一天比一天生动和珍贵起来。就拿我们《民族文学》办公的三合院来说，当年是作家马峰用他的稿费买下来的，住了些年后马先生还是想回到他的山西，便将院子转卖给了女作家丁玲，因此这院子也可以说是丁玲故居。

从这小院出来，几步便是后海的水边，汉白玉的栏杆，夏天可以倚着观荷，肥实的绿叶顶着一朵朵粉红。对面是宋庆龄故居，据说孙夫人在世时最爱住在那里，在院里养了很多花儿，四季飘溢的花香，将后海都染香了呢。而《民族文学》这院南去不到二百米，就是有名的恭王府了。恭王府住过鼎鼎大名的和珅，府上屯集的财富盖过了整个大清国库，民间因此传有歌谣："和珅倒，嘉庆饱。"因这人而演绎出来的影视戏剧、小说故事数不胜数。

每天来后海游览参观、操着各种口音的人川流不息——不光看恭王府，还有附近的钟楼鼓楼，地安门和数不清的胡同，以及胡同里的各种京味小吃：爆肚、卤煮火烧、麻豆腐……老外更是最爱，成群结队的，膝上搭一块毛巾坐在披红挂绿的三轮上，叽叽喳喳而过，蹬车的人得意扬扬。

而我不知不觉地，也渐渐喜欢上了这个地方，常寻阳光灿烂时偷了闲空，独自沿着这海走去，看水面上鸟儿掠过，数脚底下的青砖，更加奢侈时，就在银锭桥上多站一会儿，眺那京西八景。桥头的一间"烤肉季"已是百年老店，张挂的红灯笼和门上的匾额都已有些发黑，但丝毫不影响它的生意，我对这类烤肉一向敬而远之，而《民族文学》的同事却一直是这里的常客。沿湖是京城有名的酒吧一条街，西式中式,还有少数民族的地方的,五花八门摆弄出各种装饰,每到晚上,灯红酒绿衬着水面,是北京最时尚的去处。

奇怪的是,每当踱步于后海,便常常会想到遥远的恩施,情不自禁要拿眼前的情景与记忆中的山水做一番比较,明知它们之间没有多少可比性。可显然21世纪的北京与武陵三峡已不是往日的距离,老地方老印象不断产生着新概念和新感觉,关于恩施的许多信息又不时传递到后海来,常令人为之兴奋。有一天,恩施的州长周先旺带着一些朋友来到了后海,坐在《民族文学》的三合院里,我们喝了一回由门房大爷沏上的宣恩新茶,听这位意气风发的州长富有感染力地又说了一回恩施。那当儿,一群鸽子带着响亮的鸽哨从头顶飞过,胡同里一个收破烂的叫喊由远而近,又由近而渐渐远去。这让我突然想到19世纪一位美国人梭罗和他那本后来被许多人奉为圣典的散文集《瓦尔登湖》,他说:"将你的目光扫视内心,会发现你心中有一千个未知的地方。你必须做一个哥伦布,去发现你心海里的新大陆和新天地,开出思想而不是贸易的新航道。"

一想我那些熟悉的老地方:龙船河、五峰山、土桥坝、幸福二队……其实是和心中一千个未知的地方神秘相连的。在许多浮躁忙碌的日子里,它们沉睡不醒,当我要去做一些精神旅行的时候,它们才相约而来,在我的眼前活灵活现,可真正试图接近它们,又会发现居然有着难以言说的陌生。因此在周游它们的同时,也是在探询那些未知。

贺年卡

新春佳节来临,不由想到贺年卡。

曾经有一个朋友,全家人外出旅游时,在家里最显眼的桌上留下一张纸条和50元钱,上写:梁上君子,知你光顾,想来也不易,这点小钱请笑纳,但请不要翻动室内其他东西。

朋友是一介文人,家中除了若干册书比较显眼,并无金银细软,要说并不是怕贼偷,而是怕贼进了门,把家里翻个底朝天,特别是那些书。贼会以为书里面藏有东西,如果一无所获,说不定还会撕书毁书。那朋友出门数次,因此数次都留一张纸条,好在并无人光顾,但他仍然每次照留不误。

相比之下我显然是有所疏忽。那些年我住在武汉东湖旁省文联的院子里,那里比起繁闹的市中心,像汉口的六渡桥、汉阳的琴台、武昌的司门口那些地方,要清静得多。因而也常有盗贼出没,或是光天化日之下,或是月黑风高之时,有趁主人不在撬门进入者,也有从下水管道攀沿而上者,手法多样,来去无踪。有一天下午,我正在外与一位导演商讨电影《男人河》的拍摄，这部电影改编自我的中篇小说《撒忧的龙船河》，突然接到省文联办公室电话，说我家中被盗，不由大吃一惊！

急忙赶回家，门前已有警察在查看，门却是大敞着，门锁被撬开了。那门是木头门，锁本是嵌进去的，眼前被人掏空了，犹如老鼠啃过，屋里的景象让我顿时后悔，没像朋友那样写一张字条。书柜里被翻得乱七八糟，床上堆满了从抽屉里倒出的书报杂志、钢笔圆珠笔、发卡卷笔刀等等。梁上君子从这堆杂物里精心挑走了我女儿的压岁钱和当月的伙食钱，另加装有没照完胶卷的傻瓜相机，一堆称得上首饰的真假项链。这位来访的"君子"收获不大，而且最要紧的是他在没有太多收获的情况下，没有恼羞成怒撕书。

翻乱的书报中，留下了一堆贺年卡。

我心里也就没有懊丧。据到家查看的警察说，这位梁上君子的手法很是专业，显然是精于此道，并且那天下午一口气在文联院子里光顾了三家。住在我家对面的一对老夫妇几乎整天在家，仅仅只是出去买菜的一会儿工夫，也被这位洗得干净。熟悉环境，时机拿捏得准确，说不定就是时常出现在我们跟前的人。想来他得提心吊胆地人前做人，人后做鬼，若非生计所迫，又何必如此。君子爱财，取之有道，然而道非盗也。于是我也写上一张字条，放在门前，唯愿来过我家的梁上君子，不管何许人也，赶快改行做点别的，光明正大。日后见了面，我不认得你，你却认得我，大家都是普通人，相逢一笑，岂不快哉！

那天我蹲在那儿，将贺年卡一张张捡起来，那是多年积攒下来的。收到的时候看一看便放在那里，日子长了，也就淡忘了，但这时一张张看去，却是有趣得很。

各式各样的贺年卡，带着朋友们百般祝福万分情意，让人眼花缭乱，简易的、折叠的，图案简单的，一打开就有音乐奏响的；有雪花飞舞，瀑布流泻，层层转动的，五光十色。女儿也凑过来跟我一起翻看，她们学校也兴写贺年卡，有好几年她和同学相互之间乐此不疲，买卡填卡送卡，也存有好些。

我给女儿说，我们小时候没有什么贺年卡，那时住的是平房大院，小孩子成群结队，平时自己邀伴上学、玩耍，用不着大人管。逢年过节大人们见了面问声好，说拜年拜年；小孩们则是将各自家中的吃食带出来，换着吃，香喷喷的玉米花红薯片儿，自家炒的花生瓜子，也算是贺年吧。离得远的亲戚朋友会有书信往来，8分钱的邮票，把新年的祝福都粘到里面了。

后来渐渐地，年过得精致起来，书信少了，都开始用贺年卡，可以在邮局购得现成的明信片，填写地址，在背面写上吉祥，也可在书店或报亭买更花式一些的。但每年收到的贺年卡，能让人记住的却不一定就是精美的。

记得1987年岁末，我在北京参加青创会，住在京丰宾馆。京城下了一场大雪，元旦前的夜晚，纷纷扬扬的雪花遮掩了房屋道路，从窗户望出去，天地一片空寥洁白。夜里11点多，突然有人轻轻敲门，并轻轻地说："服务员。"我心想这么晚了会有什么事呢？打开门，却是一位身着洁白工作服的女服务员，满脸怡人的微笑，递上一张纸片。却是一张从笔记本上撕下来的纸片，恭正地写着两行钢笔字："祝你新年快乐！四楼服务员"。

随后听她沿着走廊一一敲着房门，然后轻轻地说："服务员，祝您新年快乐！"我拿着那张薄纸片，心里却有厚厚的感动。事后得知此举并非宾馆有意所为，如果那样，宾馆会印制一批哪怕是最简易的贺年卡，那只是四楼的几位年轻服务员，在新年将至的夜晚爱心闪动的灵感。然而，我很想让他们知道，这张普通的纸片会被人一直保存着，每每整理书信卡片，看见它，眼睛便会随之一热。

那年刚进12月，便开始收到贺年卡，第一张贺年卡来自北京的女作家杨菁，16开，颇厚，没打开时还以为是一本画册，打开来却是一份精美的贺年卡。封面是刺绣的，大朵的鲜花，试想绣线要织在麻布上，再贴上纸，不知要经过多少道工序。我与杨菁相识多年，她这人本真率性，平时不爱写信，但每逢年节总会有记挂，贺年卡也带着她的豪放。我想着也给她回寄一张，女儿说她会做，用彩笔勾勒了小兔小狗，说兔儿善良，而那年是狗年，正好。我跟她合作愉快，我帮她粘好内页，女儿写上了一句话："每一个梦中，都有一些温暖。"我刮着女儿的鼻子，说你这是抄人家的吧。女儿正在上小学，说不在乎是不是抄的，而在于是不是表达了自己的心意。

我想小孩子说的是真话。只要能表达出一份真诚祝福就好。

年年岁岁，自从有了手机，新年祝福的方式也就更新换代，纸质的书信基本绝迹，贺年卡之类的也都少了。但仍然会收到一些难得的祝福，在这个信息化时代里倍显珍贵。年逾百岁的老作家马识途年轻时曾在湖北恩施一带从事地下党工作，曾以当年的革命经历为素材写出长篇小说《清江壮歌》，马老怀着对那片土地的深情，时常给恩施一些相识的人送去祝福。我曾在恩施生活工作多年，自认识马老之后，也好几年收到老人以刚劲书法写的"福"字，特别是去年疫情未平之时，得到马老红纸上书写的大"福"，顿感一股暖流在胸中回荡，立刻添了精气神。

还有一张特别的贺年卡来自大洋彼岸的李政道先生，也是让人惊喜不已。我曾撰写了关于"北京正负电子对撞机建造始末"的长篇报告文学《燊然》，其中写到了曾担任我国首部最大科学装置项目顾问的李政道。《燊然》一书出版之后，上海交大李政道图书馆寄给了李先生。岁末之时，图书馆的朋友寄来一张李政道先生亲自手绘的贺年卡，正面是一束清雅的玉兰花，并写有给我的祝福。而在2022年岁末之时，再次接到了李政道先生的贺年卡,上写:"祝新年胜旧,岁欢喜,人长安"。

又是一年春节将至,令人敬仰的马识途先生已过110岁寿辰,李政道先生也已度过97岁华诞,我也很想手绘一张贺年卡,敬赠给两位先生,表达我的祝福,亦祝所有的朋友:新年胜旧,岁欢喜,人长安。

人不知春鸟知春

  大自然给人以启示和反思,需要人类持久不断地探寻,如何顺应和遵从大自然的规律。我儿时生活在长江三峡一带,那里曾有过炎帝神农"乃味草木之滋,察寒温之性",攀山登崖尝百草,为民解痛除忧的足迹;有过伟大诗人屈原发出的一连串"天问":"遂古之初,谁传道之?"他问到天地离分、阴阳变化、日月星辰等自然现象,明暗不分混沌一片,谁能够探究其中原因?大气一团迷蒙无物,凭什么将它识别认清?阴阳参合而生万物,何为本源何为演变?传说青天浩渺共有九重,是谁曾去环绕星度?仰望星空,天极遥远又延伸到何方?……

  今天,我们仍然得追问。

  以古人之规矩,开自己之生面。古人面对大自然的谦卑与呵护,提醒当代世界不能因为科技进步,工业化、现代化的迅猛发展而忘乎所以,为所欲为,不能因为短短几百年的物质享受及挥霍而断送地球和人类的未来。

  民间流传着许多让人回味的谚语,三峡一带就有一句"人不知春鸟知春，鸟不知春草知春"，不仅朴素地提示了世间万物的某种规律，也告诉我们，自然界其实众生平等，人往往并不比其他生物聪明。

尊重大自然，以一棵草一只鸟的心情和目光打量世界，感知生命，或许是我们应当尝试的。你看那些树木的伸展、鲜花的开放从来不事铺张，总是悄然而生，淡定地摇曳，从容地结果，红香一点清风。而再细想一下，花的芳香其实可以不论季节，皆因莲由心生。

再比如一座山，一条河，它们的语言，我们究竟听懂了多少？

云南丽江有一座玉龙雪山，纳西人又把这座山叫作三朵，在三朵的目光周围，天总是蓝的，阳光明亮热烈，他可以看得很远，一棵青稞的拔节都很清晰。美丽的山坡上生长着云杉、红豆杉和翠柏，远一些的田野里便是成片的青稞了，庄稼长得十分卖力，拔节的声响细听起来，就像是放着小小的鞭炮。而三朵，也就是玉龙雪山，他默默地站立在那里，一动不动，仿佛就是为了等你来，面对雪山的峻峭仙姿，心里会莫名地感动，为他做了什么呢，值得他如此坚定，如此长久地等待？

但实际上，无论你来与不来，他都在那里。

在大兴安岭的根河，令人诧异的是，河水看上去竟是黑的，醇厚地放着光，就如皮肤黝黑的青春透着光泽。为什么会是黑色的河呢？原来是河两旁茂密的草丛和树林染成的，它们簇拥亲昵着这河，将自己曼妙的身影投入河的怀抱，于是便成了河的一部分。

一起涌动在河水里的，还有天上的白云，它们从高高的蓝天俯瞰着大地，根河成为它们美妙的镜子，它们为河水带去流动的光波，还有无比高远的气息。天在河里，河在天上。

大自然不仅美妙，还藏有一个个猜不透的谜语。

右玉种树

右玉种树，年年都种，一年又一年，如今种了七十多年。

"七十年前，"沙窝子里长大的娃娃王德功说，"那风啊，春天要刮四个月，秋天要刮四个月，就像成群结队的骆驼一样，呼呼地、一高一低就过来了，哎呀呀，没法儿躲。"风刮过的地方什么都待不住，草不生树不长，只有满地的沙子。

山西右玉，古来属雁门郡，是兵家必争的西北要塞，重镇杀虎口便是东西要道的咽喉。历代纷乱的战火焚烧尽大地上的草木，风沙一层层掠去越来越薄的土壤，剩下的尽是裸露的沙子，这片离毛乌素沙漠只有一百多公里的地方逐年沙进人退。

1949年10月23日，还未来得及抹去战场硝烟，便来到此地担任首届县委书记的张荣怀登上了右玉的风神台。这风神台一直是右玉人最大的寄托，每逢风沙肆虐时便只有到此拜求，请风神行行好，不要刮走了好不容易种下的一点莜麦、谷子和碗豆。而张荣怀不是来拜风神的，这位曾经战场上的指挥员面对全县人民发出了植树造林、治理风沙的呼唤:"右玉想要富,就得风沙住,要想风沙住,就得多栽树,要想家家富,每人十棵树。"

右玉人从此开始种树,在沙地上挖坑,从几里地外的苍头河挑来河泥,倒进沙坑垫底,再放进小树苗,围根填土,浇水。刚刨出的坑,不一会儿就又被沙子埋住了,栽活一棵树比养大一个娃还要难,这话一点不假。头年种下的树眼看伸直了腰,长出了绿叶,可秋来一场拔地而起的大风,冬来一场严酷难当的冰霜,一片片的小树就又都倒下了。

第二年重新再来。

生命的奇异在右玉人的坚持下渐渐呈现,每一年都有新生的小树在狂风中摇晃,但它们在荒漠里如兄弟姐妹般相互依靠,甚至在地底下的树根也紧紧相连、盘根错节,以抵御风的撕扯,最后终于稳稳站住了,在沙丘上、荒砾中、沟洼里、山梁间。

一年又一年,荒原沙丘不停地变化着,当年人们梦想中的塞上绿洲变为现实。小老杨、沙棘、樟子松……这些北方树种一排排昂然挺立。人们爱惜地将那些大都已有了六七十年树龄,但看上去还不足十年的杨树叫作小老杨,它们是第一批为右玉遮风挡沙的勇士,经受过最难熬的岁月,虽然矮小瘦弱但十分坚韧,在一片蓬勃的绿色中更显得朴素谦廉。

右玉绿草如茵的南山公园里,耸立着一座红黄蓝绿构成的纪念碑,大理石的碑座上刻着右玉种树的词赋,还刻着一批绿化功臣的姓名:伊小秃、安贵成、刘德富、祁三、李枝、吴连喜……他们都是普通的农民,是辛劳多年的种树人。

右玉种树,就如精卫填海、愚公移山,应该是一个留给后人的成语。

一只鸟飞过锦州

远远地,在一望无际的蓝天下,这鸟儿随着鸟群飞过来了。

飞动的翅膀下,之前是辽阔的大海,那大海就像一面巨大的镜子,在阳光下闪闪发亮,按说,鸟儿可以依稀看到自己在水中的倒影,但它们很少低头,总是专注地平视着前方,朝着早已明确的目标。在一阵阵热气流的助力下,它们的飞翔不需要太多气力,因此只是轻轻地扇动着翅膀,显出有条不紊、优雅的样子,看上去就像精心排练过的舞蹈。

它们从更远些的北方飞来。虽是小小的队伍,小白鹳与它的父母兄妹,一共才五只,前后排成三行,但它们无论出现在哪里,都会引来惊讶的目光。即便是与它们同类的鸟儿,那些庞大的,几百只,甚至上千只的鸟群,扬扬自得地在空中飞过的时候,突然感觉到这几只叫作东方白鹳的大鸟由远而近,也会立刻哜哜嘈嘈地扑扇着,闪躲开去。

这些珍稀的东方白鹳,全世界仅有几千只。

现在，它们的前方出现了弯曲的地平线，接着，在那暗绿色的山地与海水之间，大块大块黄色的田野，飘带似的街道及楼房……都从这鸟儿身下一掠而过。它们朝着离这一切不远的湿地飞去，那里是一片开阔而又湿润的滩涂，兼插着草地和丘陵，有一条流动的大河与小河相汇，贯通涌向渤海。正如我们不知道这鸟儿与它父母兄妹各自的名字，鸟儿们也不知道那些河分别叫大凌河、小凌河、女儿河、百股河……这临近海水，河流穿行，树木环绕的城市叫锦州。

东方白鹳飞到了东北锦州。这是一座爱鸟的城市。

古时便有锦州鸟。极为遥远的白垩纪时期，是地质年代中生代的最后一个纪，开始于1.45亿年前，结束于6600万年前，历经7900万年，所谓显生宙的最长一个时期。那时候，海洋硬是活生生将大陆掰开，地球变得温暖、干旱，最大的恐龙统治着陆地，翼龙在天空中滑翔，壮硕的海生爬行动物则占领着浅海，而最早的蛇类、蛾、蜜蜂以及许多新的小型哺乳动物也开始渐次出现，后人称作"锦州鸟"的鸟儿便是它们的同伴。

东方白鹳也是古老的鸟儿，也是机警的鸟儿。

但凡从远古活到如今的生物，无论天上飞的，海里游的，还是地上行走的，都无一不具有聪明绝顶的灵性，否则又怎能度过那漫长时光里曾经无数的浩劫和危机？

大四季

在商洛的山野里,刚下过小雨的薄雾中听到板鼓敲响,几位着泥色对襟衣褂的男人拉着板胡,中间的那位则手弹三弦,脚踩鼓点,声嗓高亢地唱起《仓颉造字》:"四目交替昼夜用,勒石刻字玄扈山,使用推广传播远,创新发展民欢腾。"他唱一句,身旁那几位便会扬头爆喝一声:"好!"铿锵有力得很。

正是农历三月,山间的田埂上冒出星星点点的小花,但秦岭的风还带着寒气,淡若蝉衣的白雾如同远古的故事,随着人们的吟唱忽而飘近,又忽而散去。这古老的板书唱本增添了不少新词,与直通到跟前的高速路和周边的高压线暗中相映成趣。

接着又响起一群妙龄女子的"漫川小调",手挽花篮在白雾缥缈的土台上穿插而过的青衣白裙,像一朵朵清雅初开的玉兰花。她们咿呀婉转,唱出的音调我听来十分亲切,却跟我曾生活多年的鄂西一带的民歌相仿,正是秦风楚韵。

商洛的这些民歌,不仅在于好听,还得意这些歌儿就像一扇门,从歌里走进门去，立刻能看到秦岭活灵活现的风景人物，闻到这方土地的泥腥和青草气息。"春来春去春欢喜，一对画眉把春啼"，一首《大四季》，即可知人世间从古到今好些缘由。

"春季到春百草生，刘成忙把仙姑问，问她修行多少春。仙姑这里忙开言，洞中方七日，世上几千年；去时楚汉争天下，回来刘备会四川；借个烟袋吃袋烟，依然回我天台山。"想象中的神仙日子过得慢，吃袋烟的工夫，人世间却是沧海桑田。经过多少春夏秋冬，四季轮回，历史悠远的商洛近年添置了工业化时代的新妆，通往西安、武汉经济圈的距离日渐缩短。秦岭的山还是那些山，河还是那些河，但几度破损，又几度复苏，为保护这条中华龙脉，人们在开发与守护之间难免矛盾博弈。值得庆幸的是，商洛人爱山爱水，愿当秦岭生态卫士，近年来关闭整顿了大量从前赖以为经济支柱的矿业，还山之筋骨，水之本源，栽种林木花草，为秦岭披上了鲜亮的绿衣。

商洛的大山里，随时令而生发的一草一木，各自以不同的生命形态一年年活着、隐没或再生，人跟植物、动物一样，春夏秋冬的深远绵长也就在眼前。民歌《大四季》里唱道："十二门人齐来到，脚踏楼梯步步高。"唱的人听的人都很喜欢，一曲古来的"大四季"还将一代代传唱下去，但又看，谁能唱出韵味，谁又能添得新词。

似乎是从六月以来，就有了雨。而到了七月，郁积在半空中的厚厚云层更像发酵的面团一样膨胀开来，大三峡巫山两岸的山峰渐渐被铺展的云雾遮挡，本来就是"除却巫山不是云"，而此时的云不是那种轻柔，若隐若现的，却是沉甸甸、灰蒙蒙的，蓄积了多个夏日的雨水就在连天成片的云团包裹之中。雨和云的交织密谋已经多时，终于有一刻，在老天的撕扯下，强势的雨水破云而出。

大雨来了。

2003年夏天的大雨是从干旱多时的北方开始的，先是北京、保定、涿州，然后从北到南，从东到西，大雨受风云的驱使，而变幻的风云像是出自一支巨大的神笔，在天空中任意涂抹。

的确是一张让人惊吓的云图。

雨哗哗地从天而降，像是有一道密令催逼，半点也不敢迟缓。在这秦岭和大巴山汇合之处的长江三峡两岸，万千生物仰头迎着这大雨的浇淋，任由它率性洒落。雨水迅速地渗入到山林的隐秘处，化作一道道溪流小蛇一般窜走，然后汇入平日的潺潺小河，小河陡然间被鼓涌起来，一转身就化作巨龙，不加喘息地裹挟起河边所有枯干的草根、杂枝、碎石，甚至顺势拔起半躺的树木，横冲直撞地奔腾而下。

鸟儿躲藏起来，它们在大雨将至的前夕，早已从看似一动不动的云团中穿过时，嗅到了雨的各种气息，雨的大小，何时降临，降于何处，都在鸟儿们的掌握之中。毫无疑问，聪明的鸟儿是天地间的使者，它们从远古的祖先开始，一直到如今，自由地飞翔在赤手空拳的人类无法企及的高度，不需要任何仪器的探测，便自知路径地飞越千万里，从地球的一端到另一端。

每年随着季节既定的远行，飞去再飞回，这在鸟儿们来说是重大而又平常的生命经历，巫山的一些鸟儿也是如此。它们的路线各有不同，长腿的白琵鹭自北方而来，燕子却是更远的地方，它们在异地的家园不知是何情状，但在这森林茂密的巫山，它们的窝巢可以建在树上，也可在冬暖夏凉的山洞里，它们会离河岸稍远一些，这样，即使再猛烈的山洪在山谷间咆哮，鸟儿们也仍可安稳地歇息在巢里。

黄河入海

青海三江源,炎黄子孙寻觅了几千年的发源地,宏阔而寥远,连绵起伏的可可西里山及唐古拉山脉横贯其间,高耸入云的雪山冰川犹如天地之间的圣殿,巍峨庄严,一派圣洁,而雪山脚下涌出的清泉则如从天而降的仙女,一个又一个,一群群前后欢跳着,四处流动。

她们带着少女的性情,走着走着,有的就停了下来,顽皮地化作高原上的蓝宝石,星宿海、扎陵湖、鄂陵湖……那一湾湾映照天空的湖泊便是她们闪亮的眼睛;还有一些就地躺下,化作一片片草木丛生的湿地,扎阿曲、扎尕曲间沼泽,让云杉、虎耳草、雪灵芝自由生长,藏羚羊和牦牛、棕熊穿行其间。

一时分辨不清,是哪些涓涓雪水流归了黄河?

青海高原孕育了三条大河,黄河、长江、澜沧江,她们是上天之子,是最为高贵的女神,又犹如姐妹,少小时节戏耍跳跃在一起,稍后便有了各自的远方。黄河为何选择流向北方,这是大河深藏的秘密。或许她从巴颜喀拉山脉初生之时,便与长江、澜沧江心照不宣,以对生命无边的仁慈和默契，各自选择了不同的去向，在不断的前行中不断丰盈，哺育着亿万生灵。

从雪山到入海，这条中国北部的大河，流向西北干涸的山峦和土地，流向那经她滋润过后才有了名字的青海、四川、甘肃、宁夏、内蒙古、陕西、山西、河南及山东，最后流入渤海。她经历了一路惊险传奇。

先是在山地峡谷间穿行，忽宽忽窄，急纵之后会有放松的流淌，造就出富饶的河套平原；随后急转朝南，飞流直下千余里，将黄土高原的泥沙裹挟而去，于碛流奔涌的壶口形成滔滔瀑布，于两岸断崖绝壁，刀劈斧削对峙间形成险要龙门；继而摇荡而行，"三十年河东，三十年河西"，过三门峡，长驱直入，横贯华北平原，将河道逐年抬高，形成世界著名的"地上悬河"；在她奔向大海的前夕，又将挟带而来的泥沙堆积成一摊摊新生的陆地，每年都几乎新增三万多亩。

任那绿芽萌发，人鸟共享。

受到黄河最为丰厚馈赠的东营，陪伴大河前行的渤海之畔似乎竟唤来了高原的某种气息，眼见得，黄河就要扑向大海了，那是她日夜奔走，终将回到的家园。

她一定是远远地看见了那一片蔚蓝，虽然已好生疲惫，从那么遥远的高原到如今，她从未停歇过，如果她不是一位仙女，一定早就腰身佝偻，脸上布满皱纹，步履蹒跚了；但她的确是天地间伟大的精魂，即便已是千辛万苦，也仍然毫不踌躇地鼓涌向前。那排山倒海的波涛便是她急急的脚步。

她有一些矜持，可以从她回卷的瞬间看出来，但终归，她就像将要谢幕的女神，一边整理衣衫，一边雍容端庄、气势磅礴地迎着海洋而去。

那渤海候着她，时刻敞开着胸怀。

黄河加快了脚步，若是在飓风多情的催促下，她会在扑向大海之际再次掀起惊天动地的波浪，于是，那一道令人极为震撼的奇观便出现了：巨大的黄河浪潮与邈远的蓝色大海紧紧相汇，持续着，连绵不断……

那是经历了无数泥沙厚土的濡染而成的雄浑的黄，那是经历了陆地—湖泊—海的沧桑演变的无尽的蓝，两者就都是天地的原色，之间是如此宽广的独立，又如此长久的信赖和相依，再也没有分离。

这时候，你可以明显地看到奔腾而来的黄河即使进入了大海，但依然按捺不住的倔强，她在一派宽容的蓝色之上掀起一股又一股巨浪，浪的尖顶扬起一叠叠雪白，透示出大河一如既往的冰雪性情——她到此时，也没有忘记雪山的恩典，不屈不挠地试图留下自己的本色，直到遥远。